全民微阅读系列

顺风车

SHUN FENG CHE

陈树龙 著

江西高校出版社
JIANGXI UNIVERSITIES AND COLLEGES PRESS

图书在版编目（CIP）数据

顺风车 / 陈树龙著. — 南昌：江西高校出版社，2017.6

（全民微阅读系列）

ISBN 978-7-5493-5534-1

Ⅰ.①顺… Ⅱ.①陈… Ⅲ.①小小说—小说集—中国—当代 Ⅳ.①I247.82

中国版本图书馆 CIP 数据核字（2017）第 123368 号

出版发行	江西高校出版社
社　　址	江西省南昌市洪都北大道96号
总编室电话	（0791）88504319
销售电话	（0791）88592590
网　　址	www.juacp.com
印　　刷	北京一鑫印务有限责任公司
经　　销	全国新华书店
开　　本	700mm×1000mm　1/16
印　　张	10
字　　数	113千字
版　　次	2017年6月第1版 2020年7月第2次印刷
书　　号	ISBN 978-7-5493-5534-1
定　　价	36.00元

赣版权登字-07-2017-579

版权所有　侵权必究

图书若有印装问题，请随时向本社印制部（0791-88513257）退换

日益崛起的岭南小小说
——《岭南小小说文丛》总序

杨晓敏

近年来,岭南小小说在申平、刘海涛、雪弟、夏阳、许锋等人的大力倡导下,涌现出一批又一批的小小说热爱者,他们中间有成熟作家、评论家,也有后起新秀,他们的写作或深刻老道或清浅稚嫩,却无一不表现出一种蓬勃向上的喜人态势。今天的岭南小小说也可说春光旖旎,风光无限,老枝新叶,次第绽放新颜。《岭南小小说文丛》这套丛书,可谓近年来岭南小小说创作的一次集体大检阅,名家新锐,聚于一堂。入选的众多作家,来自不同的行业领域,对生活与艺术有着各自的观察切入点和表现力,其作品自然各具特色、各臻其妙。

广东已成为全国小小说创作强省之一:2010年在惠州创建"中国小小说创作基地";2013年打造"钟宣杯"全国优秀小小说"双刊奖";2012年著名作家申平先生被聘为《小说选刊》小小说栏目特约责任编辑,同年,惠州学院文学与传媒学院成立了小小说创作研究中心;2016年成立了广东省小小说学会,还有广州、佛山、东莞等地活跃的小小说学会等。一些有能力、有责任感的小小说倡导者,逐步健全组织机构,发展壮大队伍,坚持定期举办笔会,推新人、编选集、搞联谊、设奖项。这些举措不断激励着广大写作者的创作热情,绩效卓异,引起了全省乃至全国更大范围的关注,引领出了一支数以百计的小小说作家队伍。这支队伍先后出版小小说作品集和理论著作数百部,涌现出申平、刘海涛、韩英、林荣芝、何百源、夏阳、雪弟、许锋、韦名、朱耀华、吕啸天、李济超、肖建国、海华、石磊、陈凤群、陈树龙、陈树茂、阿社等一大批在全省、全国产生影响的小小说作家、评论家,先后荣获小小说领域最高荣誉"金麻雀奖"以及"蒲松龄微型文学奖""全国小小说优秀作品奖""冰心儿童图书奖"等,并且获得"小小说事业推动奖""小小说星座""明日之星"等荣誉称号。《头羊》《草龙》《记忆力》《捕鱼者说》《马不停蹄的忧伤》《蚂蚁蚂蚁》《爷父子》《最佳人选》等不少作品被选入各类精华本、语文教材以及译至海外,成为广大读者耳熟能详的精品佳作。

　　能把故事尤其是传奇故事讲得一波三折、九曲回肠、跌宕起伏又不纯粹猎奇,不能不说是写作者赢得读者青睐的一种有效手段,事实上有不少小小说写作者都因此而取得成功。广东的小小说领军人物申平深谙此道。近些年在南方的生活打拼,使他对文学的理解愈加成熟。他说,故事与小说的差异在于,前者是为了故事而故事,后者是故事后面有故事——回味无穷。现实生活中会有不同的故事,而要成为小说,则需要作家在生活中提干货、取精华,在故事这个"庙"里,适当造出一个"神"来。我以为作者所说的这个"神",实际上就是文章的"立意"。这是作家从创作实践中悟出的真知灼见。申平是国内著名小小说作家,作品诙谐幽默,主题深刻,特别在动物小小说创作方面独树一帜,深受读者好评。此次申平推出了自己2012年至2016年期间发表的作品精选,这80篇作品可以清晰地看到作者这几年的思考和跨越,"头羊"一下子变成了"一匹有思想的马"。

当代小小说领域的写作者云集如蚁，此起彼伏，亦如生活中，各色人等各领风骚。关于人生，关于文学，关于小小说，夏阳曾写下了自己的理解。他说："小小说首先是一门艺术。语言的精准，具有画面感的场景，独到的叙述手法，极具匠心的谋篇布局，加上恰到好处的留白，方寸之地，凸显小小说的大智慧。"夏阳在出道极短的时间里，以文质兼具的写作，进入一流作者的方阵，细究起来答案其实简单——不懈的读书思考和丰富的生活阅历，直接关乎写作者的人格养成。耿介而不追名逐利，不媚俗并拒绝投机主义，使夏阳在庞杂的小小说作家队伍中更显得言行坦荡，特立独行。夏阳的《寂寞在唱歌》，精选了45篇作品，用音乐点燃小小说，用小小说诠释音乐，可谓别出心裁，意在创新。该书质量整齐，笔法老道，人物描写细腻，是一部有艺术特色的小小说作品集。

《海殇》是李济超的又一本作品结集，内容大致分为"官场幽默讽刺、社会真善美、两性情感"三类。李济超刻画人物入木三分，把普通而有特殊意味的人和生活巧妙地奉于读者面前，引导读者在阅读中沉思，在沉思中感知生活。他常将官场比作战场，撇开危言耸听之嫌，官场上不仅要有斗智斗勇的应变能力，还要有百毒不侵的强健心智才行。李济超的官场作品，似乎和"领导"较上了劲：《千万别替领导买单》的弄巧成拙，《白送领导一次礼》的功利认知，《不给领导台阶下》的误打误撞，无不说明了领导在其官场作品中难以撼动的堡垒地位。《今天是个好日子》更是将领导的官场伎俩表现得淋漓尽致。有很多作家热衷官场题材的写作，且以揭露、讽刺为侧重点，此类题材能成为写作热门，绝非因官场文章好做，而是耳闻目睹，有话可说。

幽默是一种智慧，既能兼顾严肃的主题，又能令情节妙趣横

生。海华的小小说中，常常体现出这种幽默风格，此次他推出的《最佳人选》风格亦然。比如其中的小小说《批判会》，虽然写的是特殊年代的一件司空见惯之事，却寄寓深远，读罢令人浮想联翩。海华善于一语双关，旁逸斜出。其作品语言紧贴人物，诙谐幽默，绵里藏针，极有生活气息。旺叔和七叔公两个人物形象刻画尤为成功。二人巧于周旋，挥洒自如，化解矛盾于无形，大庭广众之下，宛若上演了一出滑稽剧，既捍卫了村民的权利，又对社会生活中的不正常现象进行了淋漓尽致的抨击，是一篇幽默而不失含蓄的批判现实问题的作品。《最佳人选》所选作品，既有机关生活的展示，亦有市井生活的描绘，注重思想性，选材独特，文笔犀利，可读性强。

陈树龙专职从事空调行业二十多年，与民众多有交道，丰富的生活阅历使他的作品贴近生活本色。他善于将问题隐于深处，以轻松调侃的姿态开掘出来，读来生活情趣盎然。《顺风车》中的作品幽默诙谐，其中的《藏》可谓滴水映日，以小见大。阿六担心老婆戴着金首饰旅游不安全，让其藏匿于家，可是藏在家中哪里却成了一个棘手的问题，即便是自己的家，也未必是安全所在，还要提防小偷不请自来，于是揣摩小偷思维的反心理战术开始了。老婆准备将金首饰藏匿于衣柜、床垫、书房、米桶等等的惯常思路被阿六一一否定，畅想有个保险箱也被阿六调侃是"此地无银三百两"的愚蠢做法。老婆气恼先去拦的士，阿六藏匿好首饰，甚至打开了电视和灯光唱起了空城计，谁知却被再度返回的老婆无意中破解了。于此有了结尾处滑稽的一幕，阿六自认为天才小偷也找不到藏匿于垃圾桶垃圾袋中的首饰，却被老婆临走时顺手丢了。阅读至此，让人在哑然失笑之余，不免陷入对生存环境的思索。任何文学作品都要根植于现实生活的土壤中，小小说也不例外。每一篇作品就像一粒种子,埋藏在作者生活阅历及情感的不同节点,点点滴滴的生命感受一旦萌芽,或喜或悲的命运都会长成一棵开花的树。

陈树茂的小小说《1989年的春节》讲述了一个家庭的生活节点,同时也是这个家庭中每一个人的生命节点。这一年无疑是这个家庭最困难的一年,家中修建祖屋欠债难还,以致年三十的团圆饭都没有荤腥,父亲没有出门和牌友小乐,母亲冒雨挨个给借钱的亲朋好友送菜,希望过年期间不要来讨债,大哥考上大学发愁学费,大姐顾念家庭要求辍学,小妹尚小闹着要吃肉,而"我"偷偷切块祭拜祖先的卤肉给了小妹,看着母亲因为淋雨高烧、看着父亲偷偷抹泪却束手无策。这一年的年三十,对于这个家庭中的每一个人,都是苦不堪言的情感记忆,宛若一个心结难以解开,让人读之不禁为其忧伤:这一大家人的明天在哪里?雨停了天晴了,并不代表所有的困难不复存在了,可是作者就这么轻描淡写化解了,每一个人对未来依然心怀希望,一个家庭对未来依然抱有坚定不移的美好憧憬。父亲母亲对于苦难的隐忍倒在其次,乐观的生活态度才是影响孩子精神生活的支点。作品也因为这神奇的一笔,一扫全篇的阴霾压抑气氛,字里行间透着丝丝缕缕的暖阳。该书以家庭传统题材、另类服务系列、徐三系列及工地、社会题材为主,直面剖析社会现象和人性问题。

阿社属于年轻一代的实力派作家。《英雄寂寞》入选作品较全面反映了作者近年来的创作成就和艺术风格。其作品生动传神,寓教于乐,在轻松的阅读中给人以美的享受。时下,系列写作逐渐成为诸多作者选择的一个创作方向,以此架构一个具有自我标识性的文学属地。游迹于庞杂社会,或名或利的诱惑,人自然难以免俗,于是阿社的《包装时代》应运而生了。包装什么?名誉、头衔、身份等等,只要你想到的都可以有,甚至你没想到的也可以有。作品以人物的各种生活需求、社会需求、人生需求为线索,对主人公实施了一系列的改头换面行为,成功地将老师被包装成了大师。显然,包装师擅长攻心术,他深谙人们的欲望和浮夸心理,加上巧舌如簧,不仅利用包装身份满足了人物的虚荣心,还让其人性继续膨胀到不可一世,读来触目惊心。阿社的包装系列可谓琳琅满目,写实不失荒诞,揭示直抵人性。生活无小事,处处皆民生。

官场题材是陈耀宗创作的侧重点,《寻找嘴巴》中形形色色的官场人物活灵活现,语言或犀利或诙谐或调侃,但是归根结底还是在探究官场的生存法则,无外乎描绘官场为人处世的谨小慎微,甚至扭曲的生存心态。人际关系历来都是官场交流中不可避免的焦点,《人前人后》化繁就简,三人为例,集中展示了一个办公室中明争暗斗的有趣一幕。科长、科员甲、科员乙都是笔杆子,时有文章刊发,闲来两两互评,阿谀奉承乃至互相褒奖,而不在场的第三人就无辜中枪了。互损的结果只有两败俱伤,只不过大家已经习惯了这种官场游戏,人前人后,倒是彼此相安无事。"后来,好像什么事情也没有发生过,三支笔杆子似以往那样,两两对答着。一到三人都在一起,就不晓得说什么才好。"作者深谙官场生态体系,娓娓道来不失诙谐成分,讽人前的道貌岸然,嘲人后的阴暗猥琐,宛若上演了一出新时代的官场现形记。

胡玲是惠州市的小小说新秀,她的《心花朵朵》,是其几年来创作的结晶。该书细腻地描绘出人性的种种形状,开掘着人性的丰富内涵,用阳光的心态传达积极健康的能量,以接地气的文字书写社会底层小人物,如农民工、小贩、司机、临时工、保姆等,描写他们的生存之痛,他们的窘状、尴尬、困扰与快乐。胡玲还善于挖掘人性背后的束缚甚至异变，发现人的弱小和缺陷，以不同的文学视角写出"完美人物"的与众不同之处。比如《英雄之死》便是这个大背景下诞生的一篇作品，它意在警惕和呼唤：人，最终要成为"人"，而避免成为某些先入为主的观念的祭品。

在这次出版的《岭南小小说文丛》中，还有一卷要引起我们特别的注意，那就是《桃花流水鳜鱼肥——惠州市小小说10年精选》。这本由著名小小说评论家雪弟主编的作品集，收入了惠州市小小说作家的63篇精品力作，可以看作是"惠州小小说现象"的最好诠释。雪弟先生对广东小小说事业的不懈推动，值得尊敬。

《岭南小小说文丛》的出版，一定会成为2017年全国小小说领域的大事之一，也是一件值得广大小小说读者期待的事情。

是为序。

（作者系河南省作协副主席，中国小小说事业的倡导者、组织者，著名评论家）

目录

验收专家　　/001

岗前培训　　/004

因为高考　　/007

乖鱼无毒　　/010

想起老家的驼榕　　/013

儿子学溜冰　　/016

爸爸的单车丢了　　/019

阿六开店　　/022

拜年　　/025

英雄出处　　/028

英雄出处之二　　/032

流浪猫和流浪狗　　/035

阿六养猫　　/038

村干部给咱来电话　　/041

另类服务之签约院长　　/044

一份调查问卷　　/047

特殊收藏家　/050

特别书画廊　/053

特别听证会　/056

报喜　/059

猪肉强　/061

同学老余　/064

同事老张　/067

同乡老钱　/071

朋友老王　/074

吃早餐　/077

找表哥　/081

长虹贯日　/084

藏　/087

心愿　/090

快速反应　/093

床头灯　/096

那一双脚　/099

擎天石　　/102

玻璃门　　/105

顺风车　　/108

亲笔签名　　/110

换车路上　　/113

捡到一毛钱　　/115

张书记病了　　/117

阿忠师傅　　/119

我老婆的项链给抢了　　/121

短消息　　/124

新疆刀　　/126

救人事件　　/128

抓小偷　　/130

老同学　　/133

送红包　　/135

串门,有事吗?　　/137

这事不能说　　/141

验收专家

阿六晨练回来,瞧见张三急匆匆地从身边走过。阿六把张三喊住,张三,什么事急成这样啊?张三停住脚步,回头一看,是阿六,说,新房子装修好了,上午验收,装修公司的人到了,这不赶着去嘛!

阿六听完,哈哈大笑,这种事你怎么不找我去呢?你知道怎么验收吗?验收程序验收标准,你懂吗?张三说,不就是按合同按图验收吗?阿六又笑起来,说,这你就外行了,走,我跟你去!验收我是专家。

装修公司的黄工参与验收,阿六先把整个房子转了一遍,阿六盯着客厅的天花板看,张三问,看出什么问题了吗?阿六没出声,阿六又走到墙边,对着墙壁瞄了瞄,张三又问,看出什么问题了吗?阿六又没答。阿六又伸手按了按开关,灯亮了,阿六又关掉,反复几次,阿六走到卫生间,打开水龙头,哗啦啦的流水,张三跟在阿六后面,问,该不会有什么问题吧?阿六脸无表情,一副严肃的样子,张三心里嘀咕着,看起来肯定问题不小啊!

阿六又折回客厅,捡起地上一把锤子,蹲下去,用锤子轻轻地敲打每一块地砖,张三说,轻点轻点,这地砖好贵的。

突然,阿六对黄工说,你自己过来试试!黄工也拿起锤子对着一块地砖敲了敲,阿六问,发现问题了吗?黄工说,没有。阿六生气地说,你再敲敲!黄工又敲,阿六又问,知道了吧?黄工不好

意思地说，是，这块地砖有点空鼓了，明天派人撬开换过。阿六得意地望了望张三，说，你看，我说的没错吧！张三暗暗竖起大拇指，阿六说，等地砖换好了再来验收！

　　晚上，张三到阿六家喝茶道谢，阿六说，按照常理，今晚装修公司的老板肯定会给你电话。张三问，为什么？阿六神秘一笑，不答。过了一会，张三的电话果然响起，果然是装修公司的老板，张三暗暗佩服阿六，电话里，老板客气地跟张三道歉还痛骂了一番泥水工工作马虎。张三挂了电话，对阿六说，果然是验收专家！要不是你去，我肯定给忽悠了。阿六得意地问，他有没有问起我啊？张三说，没有。阿六沉下脸，说，不合常理！张三疑惑地问，为什么？阿六只顾喝茶，没有回答。

　　过了几天，装修公司约张三验收。张三马上约阿六一起去。

　　黄工请阿六验收原来的地砖，阿六说，换了就算了。阿六打开客厅所有的灯光，走到墙壁边，对黄工说，你自己看看，这墙面刷得凹凸不平，验收能通过吗？黄工跟过去看了看，张三也看了看，没看出什么，阿六又拿起锤子指着一个地方，说，你看看我指的这里，平整吗？黄工正看着，阿六突然挥起锤子，"嘣"的一声砸下去，墙面凹了下去，阿六又挥起锤子，还有这里，又是一锤，紧连着墙上连挨几锤。张三来不及反应，墙上已经几个洞了。黄工吓得愣在那里，阿六把锤子往地上一扔，说，回去转告你们老板，说是我砸的。张三心疼地摸摸锤子砸到的那块地砖。

　　晚上，张三又到阿六家喝茶，阿六笑呵呵问张三，装修老板怎么说？张三说，他说重新做过，满意为止。阿六又问，他有没有问起我啊？张三说，没有。阿六沉下脸，说，不合常理！张三疑惑地问，为什么？阿六只顾喝茶，没有回答。张三说，你砸墙的样子挺吓人的。

过了几天,装修公司又约张三验收。张三又马上约阿六一起去。

黄工请阿六验收墙面,阿六没搭理他,拿起锤子走进卫生间,黄工张三也跟着进去,阿六问,这镜子,有合格证?黄工说,没有。阿六又问,有检验报告吗?黄工说,不清楚。阿六抡起锤子,"啪"的一声砸过去。阿六又问,这洗脸盆呢?黄工说,这个应该有。阿六说,什么叫作应该有?有送过来吗?黄工没见过这样的阵势,有点胆怯,没有回答。阿六又抡起锤子,又"啪"的一声砸下去,把洗脸盆砸个稀巴烂。阿六又指着卫生间的墙砖,问黄工,里面做了几层防水,墙面砖的合格证呢?检验报告呢?黄工早已吓得两腿发抖,不知如何应答。阿六抡着锤子,把张三的新房,上上下下砸了个遍,狠狠地说,全部重做!张三也给吓蒙了,刚才还漂漂亮亮的新房,瞬间土崩瓦解。临走,阿六对黄工狠狠地抛下一句话,叫你们老板上门找我!

晚上,阿六还没吃饭,张三急匆匆上门来了。一进门,张三就哭丧着脸说,完了完了。装修公司说要跟我打官司了。这可怎么办啊?阿六安慰张三说,别怕别怕,这不还有我嘛!我们单位装修验收时,我砸得比这次还厉害,他们还不是乖乖上门来求我啊?张三说,可你已经退下来了,这又是我的房子,管用吗?

岗前培训

院长语重心长地对阿六说，从这一刻起，你就是一名医生了。阿六兴奋得热泪盈眶，激动地说，请院长放心！我一定不负院长的栽培，人民的重托，国家的期望！

院长又对阿六说，鉴于本地区的特殊性，入职之前，必须对你进行体能测试及岗前培训。明天早上五点半到后山操场那里，后勤的朱科长会对你考核。只有考核合格，才能正式上岗，请你理解。院长走后，阿六暗自高兴，体能测试嘛，小儿科！上大学时，体育是强项！

第二天，阿六早早起床，洗刷完毕，穿上运动服运动鞋，看看时间差不多，上后山操场去了。

阿六到了一会儿，朱科长也到了。接着，陆陆续续来了不少人。整个操场一下子沸腾起来，变成了练武场，有人在举石锁，有人在打拳，有人在跳土墩，有人在负重跑步……或许是朱科长看出阿六的疑惑，说，这里原来是练武场，后来才改成医院的。阿六点点头，问，今早测试什么？朱科长严肃地答，我们院最基本的体能，一个是跑，一个是跳。跑呢，先是一百米快速跑，然后是五公里长跑；跳呢，必须跳过高度一米四的窗台。后面的项目我以后再逐个告诉你，岗前培训半年，工资照发。

阿六听得云里雾里，这是哪门子测试？难道医院看中我的体育特长，让我来应付体育比赛的吗？阿六不敢问，照做就是。朱科长说,我会跟着你。我喊,家属来——跑! 你就开始跑,听明白了吗? 阿六觉得怪怪的,一般的预备口令是,预备——跑! 但阿六考虑自己初到,一切听领导的。马上蹲下,准备动作。朱科长把阿六拉起来,不用这样,就像平时一样就可以了。阿六说,好的。话音刚落,朱科长大声喊,家属来——跑! 阿六甩开双腿,拼命跑起来。可无论阿六跑多快,朱科长始终不离不弃地跟着。

朱科长喊,停! 阿六收住脚,有点气喘。朱科长平稳地说,现在五公里长跑。绕操场跑十圈,我也会跟着你。家属来——跑! 阿六又跑了起来,朱科长也跟着。

十圈下来,阿六喘得呼呼,而朱科长呼吸平稳面带笑容,问阿六,怎么样啊? 阿六说不出话,摆摆手,挤出几个字,不——行——了! 朱科长说,还可以! 不过还要加强锻炼! 阿六一听这话,有些高兴,说,合格了吗? 朱科长呵呵说,算吧。休息一阵子,阿六问,我们院经常参加体育比赛吗? 朱科长呵呵笑说,是啊! 阿六说,难怪啊! 朱科长指着一个瘸腿的说,他就是因为跑慢了,所以瘸了。阿六莫名其妙,跑慢了,瘸了? 摔瘸了吗? 朱科长摇摇头,说,打瘸的。好了,准备下一个项目,跳。

朱科长领阿六到一堵矮墙边,说,跟刚才一样,我喊,家属来——跑! 这是一米高的。怎么又是"家属来——跑呢!",不是"家属来——跳"呢? 阿六又不敢问。朱科长又喊,家属来——跑! 阿六助跑几步,轻而易举地跳过矮墙,朱科长又加高矮墙,说,这是一米四。家属来——跑! 阿六又助跑跳,但没跳起来。朱科长指着另一位锻炼者说,他就是跳不起来,手给打断了。怎么哪一项不行都会致残的? 阿六听得心惊肉跳。

阿六的底子好,经过半年的魔鬼式岗前训练,终于达标,其中还包含拳术、散打、刀法、剑法、棍术等十八般武艺。阿六说,我

好像上了少林寺！朱科长含笑说，我们还必须做到，骂不还口、打不还手。该跳则跳、能跑则跑。好了，放你三天假。三天后正式上班。

　　阿六兴高采烈地回宿舍收拾一下，坐车进市里找女朋友玩。刚好巧遇，有流氓调戏女学生，阿六立刻上前制止，十几位歹徒把阿六团团围住，阿六徒手把他们全部放倒。歹徒又带一帮人追了阿六几公里，硬是没追上。阿六感叹，好在有岗前培训啊！

　　有一天，阿六正在病房查房，突然听到一声朱科长的广播，家属来——跑！一位老护士立马放下手上的东西，把窗户一推，拉上阿六说，快！快！老护士助跑几步，咚的一声，跳出窗户，阿六也稀里糊涂地跟着跳，然后，阿六一路跟着老护士拼命往后山跑，老护士边跑边对阿六说，急诊科那边肯定又出事了，患者家属又要打人了。

因为高考

妻总追问当年高考的事。

那时候,我们全县考场设在县城。班主任通知我们交食宿费,我回家告诉了妈妈。妈妈说,好的。什么时候要?我说,越快越好。因为越早订房,可以订到离考场近一点的。

第二天开始,妈妈早出晚归,挑着满满的两大筐菜,沿街喊卖,有一次,因为挑得太多太重,妈妈本来身材矮小,不小心摔了一跤,青菜撒满地。但妈妈还是慢慢地捡起,一拐一拐地沿街卖去。

有一天晚上,我偷听到爸爸妈妈两人在嘀咕,爸爸说,那些菜还不能收割啊。妈妈说,孩子说了,早点交钱,可以订到离考场近一点的。

当妈妈凑够了钱交给我,我交到老师手上时,老师说,今年高考的人太多,近一点的涨价了,还全给别人定了。我帮你想办法。

我住到离考场比较远的招待所,房间里放着两张床,还有一把破旧的风扇,呼呼地转。有个别同学抱怨。老师对我们说,我们是来高考的,不是来享受的。我看了看同学们,大都来自农村,除了我们的校花。当我看校花的时候,校花也看着我,校花不好意思地赶紧转头。在那个时候,我们男女同学之间可是互不说话的。

下午，老师安排我们一起去看考场，熟悉环境。我意外地发现，校花竟然跟我同一个考场，而且，她在我后面。

晚上，老师给离考场近的同学做完考前动员后，来到我们这里。他说，我借了几部单车，你们两人一部。按考场分配。我意外地与校花一组。老师宣布的时候，我偷偷往校花瞄去，目光相接，校花害羞地低下头。其他同学对我投来了异样的眼神。

第一天，我一大早起床，洗刷完毕，快速吃完早餐，把单车停在招待所门口，等待校花。校花很准时地到来，轻轻地侧坐上，一只手抓着车座，一只手拿着考试用品。我偷偷回头瞄了一下，出发了。昨晚我已试过车，我小心翼翼地慢慢地踩着，生怕不小心把校花摔了，一路无语。

考试的时候，我感觉到，有一双眼睛在后面盯着我，在监督着我，我认真地做每一道题，又仔细地复查每一道题，好几次，我想回头看看校花，但又不敢。

考完试，我推出单车，准备好，等待校花。校花来到单车旁，又轻轻地侧坐上，一只手抓着车座，一只手拿着考试用品。我又偷偷回头瞄了一下，出发了。我又小心翼翼地慢慢地踩着，生怕不小心把校花摔了，又是一路无语。

第三天下午，考完生物课。我长长舒了一口气，解放了。校花来到我身边的时候，我突然有一种冲动，想问她考得咋样？当校花仰头看我的时候，我止住了，涨得满脸通红。我赶紧跨上车，校花又轻轻地侧坐上，我飞快地踩上，一路狂奔。

就在快到招待所的时候，一个急转弯，刹不住，校花吓得抱住我，我俩重重地摔在地上，我俩紧贴着倒在地上，我闻到校花身上飘来一阵的香味，校花紧紧地抱着我，我坐了起来，看了看她，她的脚受伤了，磨破了皮，流着血。我赶紧扶起单车，突然来了一股勇气,抱起校花,正坐在单车上。推车往招待所去,赶紧找服务员拿出医药箱,给校花涂上红药水。校花红着脸说,谢谢你!我紧张得说不出话,抱起校花放在大堂的沙发上。回来的同学怔怔地看着我,我脸上火辣辣。在那个年代,在我们那个偏僻的地方,我的那一抱,神勇的一抱,破天荒的一抱,把所有的同学镇住了。

在高中毕业二十周年聚会时,有同学问我,你小子平时腼腆得很,哪来的勇气啊?一个同学感叹说,因为你的那一抱,我断绝了我多年的念想。又一个同学感叹说,也不知道当年的校花哪去了?

晚上回家,我对妻说起当年的那一抱,妻说,是啊!当年你哪来的勇气啊?我问妻,当年你怎么也住那个招待所啊?妻呵呵笑,不作答。

有一次搬家,妻拿着一个本子问我,当年单车摔倒,你是故意的啊?我反问,你怎么知道?妻指着本子说,这不是你的日记吗?我呵呵笑说,起源于我妈卖菜的时候摔了一跤。妻说,那部单车可是我家亲戚的。

我和妻相视而笑。

乖鱼无毒

这故事与一位帝王有关。

宋末年间,元兵一路追赶宋帝,群臣护宋帝南逃。某晚宿营海上,侍卫仓促之间忘带玉枕,乖鱼听闻,即化身玉枕侍候宋帝。宋帝明早起身,赞赏乖鱼,问乖鱼要何赏赐?乖鱼垂泪说,人欲食我。宋帝随口说,食汝者死。自此,圣口既出,乖鱼有毒,吃乖鱼者,中毒而亡。

但乖鱼肉嫩味美,实在太诱人!奇怪的是,甲子渔村没人因吃乖鱼而中毒。外间传闻,甲子渔村保宋抗元,故村民食用乖鱼免受其毒。其实,村民保宋抗元是真的,免受其毒却另有故事。这故事又与一个叫乖鱼王的人有关。

乖鱼有毒之后,常有人误食而亡。甲子渔村的村民常将捕得的乖鱼丢弃,村中有一渔民小王,一年前只身流浪至渔村,将乖鱼捡来煮食,安然无恙。村民问其缘故,小王支支吾吾不加回答,再三追问,小王勉强说出,我家祖先勤王有功,赏得解毒药方。村民们恍然大悟,争先要小王出示药方,小王说什么也不肯拿出,说是祖先遗训,传男不传女,更不可外传。

于是,有些村民把捕来的乖鱼请小王煮食,果然没事。只是,小王煮食之时,不允许他人参与,必由他一人独自完成。后来,小王索性开起一家食店,专门煮食乖鱼。渐渐地,人家给他起了个外号叫乖鱼王。

乖鱼王性格怪异冷漠，他说，只有在他店里食用乖鱼中毒者，他才愿意以解药救人。除此，他一概不理。所以本地姑娘都不愿嫁给他。乖鱼王花重金娶了一位哑女。乖鱼王得以传宗接代，生有一男一女，王初三和王十二。

乖鱼王的生意虽然火爆，但乖鱼王的食店只在乖鱼盛产季节开张。乖鱼王秉承一个原则，绝不请外人。单身时，一人经营；婚后，夫妻俩经营；小孩长大后，四人一起经营。

乖鱼王的生意与众不同，上午九点开门，下午五点打烊。客人必须提前一天预约，预约时说明需要几斤乖鱼，平均每人不超过两斤。若是用餐时提出增加，没门！明天再约。任你达官贵人想插队，也没用，先来先得。有些人虽然心中有气，但也没办法，只因在这里吃乖鱼不会中毒，再说，哪怕中毒了，乖鱼王不是还有解药吗？

有一户人家想跟乖鱼王抢生意，也在村里开了一家煮食乖鱼的食店。一个外地客人在他家吃乖鱼中毒，把人抬到乖鱼王家里求解药，乖鱼王摸摸鼻息说，已没得救。食店关张老板全家跑路了。乖鱼王更加声名鹊起，想吃乖鱼，必到乖鱼王！

转眼间，儿子王初三长大成人，女儿王十二外嫁。但乖鱼王的生意任由乖鱼王执掌，有人劝说乖鱼王，孩子大了，把生意交给年轻人吧。乖鱼王摇摇头说，不放心啊！生命攸关的事！

乖鱼王的女婿也想开一家煮食乖鱼的食店，向乖鱼王要解药，以防万一。乖鱼王坚决不同意！女婿心想，无非怕我抢生意嘛！我偏要开，若果真中毒，难道你眼睁睁看着我倒霉吗？女婿向老婆请教如何制作，老婆熬不过，只好将在娘家如何杀鱼清洗煮食的制作过程详细讲解。

乖鱼王女婿的食店开张了，女婿见人就说，这是从乖鱼王那里学来。我老婆就是乖鱼王的女儿。

刚开始,客人抱着怀疑的态度,不敢进去吃乖鱼。女婿说,别怕,我家老丈人有解药。女婿甚至当众表演,个别胆大的客人跟着吃,果然没事。逐渐地,女婿的生意也慢慢红火起来。乖鱼王多次上门跟女婿说,关了吧。女婿越是不肯,说,你看,吃我的乖鱼也不会中毒啊。乖鱼王欲言又止,摇摇头走了。

女婿看着生意越来越火,于是请了两个帮手,帮手马虎应付。终于,有个客人吃了一半乖鱼,顿觉口舌麻木刺痛,接着呕吐腹泻四肢无力发冷,要老板拿出解药。女婿拿不出来,一时心急,想道,如果他直接找乖鱼王要解药给客人,乖鱼王必定不会给。于是,女婿做了一个大胆的决定,自己把客人剩下的乖鱼全部吃下,女婿也中毒了。女儿阻止不及,马上叫人把客人和老公一并抬往乖鱼王店里。

客人和女婿奄奄一息,女儿哭着说,快点弄解药来啊!乖鱼王看着两人,含泪摇头,说,无药可救!女儿哭得更厉害了,你就这么狠心吗?他是你女婿啊!乖鱼王叹口气,说,根本无药可救啊!根本没有解药啊!

不久,乖鱼王关掉食店全家离开渔村。临走时把食用乖鱼的去毒制作方法教给村民。甲子渔村再也无人因误食乖鱼而中毒,乖鱼王的去向再也没人知晓。

想起老家的驼榕

每次经过城市广场,我都会想起老家的驼榕。

其实,驼榕就是一棵细叶榕树,样似驼背,得名驼榕。驼榕枝繁叶茂,遮天蔽日,早已无从考证,传说有上百年了。

偶然,我读到一则庄子的故事,庄子曰,不材之木,无所可用,故能有如此之寿。我觉得,庄子说的大树就是驼榕。

其次,驼榕又是一个地标。驼榕在我老家的东北角,地处三镇交汇处。夏天,来往过客,常在那歇脚纳凉,阵阵清风吹袭,惬意之极。甚至恋爱男女爱在那约会。

再次,驼榕更是神。树底下有一座小庙,摆着香炉,供奉驼榕。老家人神秘兮兮地说,驼榕啊,神着呢!求什么有什么。

有一年,新任的镇领导带来了一班外地投资商,说是帮助投资建设。投资商绕了老家一圈之后,路经驼榕,突然大喊一声,停!司机急忙刹车,投资商下了车,围着驼榕转了几圈,一阵窃窃私语之后又上车走了。

没多久,镇上传来一个坏消息。一位老太太天没亮去驼榕小庙拜神,一个歹徒揪住她,铺天盖地一阵猛抽,老太太给抽得天旋地转,耳环戒指钱财一洗而空。等老太太醒悟时,歹徒早已不知影踪。这消息镇上传得沸沸扬扬,吓得老太太们再也不敢去了。

镇领导立马发话,拆掉驼榕小庙!杜绝类似事件发生!于是,在镇领导的带领下,一帮人拉啊敲啊砸啊,三下五除二,小庙土崩瓦解了。几个老人当场号啕大哭,造孽啊!都是天杀的歹徒造的孽啊!

又没多久,镇上又传来一个坏消息。一对约会的青年男女,在驼榕给抢劫了。那天晚上,夜色很好,但树底下却阴暗得很,青年男女根本没在意边上藏着人,来不及反应就给抢劫了。因驼榕地处三镇交汇,歹徒抢劫后快速逃离。这消息镇上又传得沸沸扬扬,吓得青年男女们再也不敢去了。

镇领导又立马发话,锯掉驼榕的枝叶!杜绝类似事件发生!于是,在镇领导的带领下,一帮人锯啊砍啊拉啊,三下五除二,驼榕只剩下光秃秃的树干。远看驼榕,还真像驼背老汉。

又没多久,镇领导又发话,经研究,驼榕的形象严重影响市容,严重影响家乡的投资环境。驼榕必须立马迁移。于是,在一个漆黑的晚上,在镇领导的带领下,在轰隆隆的机器声中,灯明如昼,一帮人挖啊挖啊挖啊,三下五除二,把驼榕连根掘起,一部久候的大吊车快速连夜把驼榕拉走。驼榕到哪里去了?镇上没人知道,没人理会。

驼榕不在了,驼榕不见了,驼榕只剩下一个地名了。可是,抢劫的事情还在驼榕发生。最终,也不见投资商在老家帮助投资建设什么,镇领导任期还不到,上调走人了。

本来驼榕的故事在此结束了。

但有一天,在我打工的城市广场上,我看到一棵榕树,特像驼榕,但它没有驼榕那么粗大。我自豪地说,我老家以前有一棵比这还大得多的榕树,叫驼榕,接着感叹说,要是能把驼榕迁移到这里,那该多好啊!同伴"哼"的一声说,你说得倒轻巧,这榕树是花钱买来的。我回头问,那要多少钱啊?同伴答,像你老家那么大的,估计要几十万吧!我吓了一跳,几十万啊?我没听错吧?一棵榕树值几十万?

晚上,我打电话给老家的堂叔,堂叔说,不是吧?值那么多钱啊?驼榕都成神了,谁敢要啊?全镇都没人敢要,你敢要吗?我不知道该怎么回答,嗯嗯几声后挂了电话。

我又打电话给表哥,表哥说,哎呀,这事都这么久了,亏你还记得,说不定那时候不值这么多钱呢?这事跟你我都不搭干系,你吃饱撑了!多管闲事!再说啊,去年新任的领导在原位栽下一棵小榕树了。我奇怪地问,怎么又栽下了呢?表哥说,领导说了,为了改变市容,改善投资环境呗。还立一块石碑呢。我又奇怪地问,立碑干吗啊?表哥嘿嘿笑,那栽树仪式啊,敲锣打鼓,插满彩旗,那可是相当的隆重啊!

今年清明,我回老家扫墓,路过驼榕,看到那棵又栽下的小榕树。这棵小榕树,不再驼背,直直的树干,但老家人还是习惯叫这里驼榕。

儿子学溜冰

好久没去散步,晚饭后,妻连拉带扯,全家出动。

城市广场上,中国大妈分成各大门派,踩着舞点,陶醉地跳着。正走着,儿子大声喊叫,那边在溜冰!顺着儿子手指的方向看去,一帮统一T恤的小孩正溜着。儿子早想学溜冰了,因我有前车之鉴,或是溺爱,不让儿子学。孩子拽着妈妈的手过去,我也只好跟着。

一位二十来岁的姑娘赶紧过来打招呼,小朋友,要不要学啊?儿子一脸的兴奋说,要,要。说完看着我俩。妻说,孩子还小,以后再说吧。姑娘说,不小了。说着指着不远处一位小朋友,他还不到三周岁呢,你看,滑得不错啊。或是姑娘看出我们的顾虑,又说,不会摔的。我们会好好教的。你看看,这是我们溜冰学校的名字。姑娘用手指着招牌,我们在这里已经三个月了,现在还是促销期,赶紧报名有优惠。

儿子坚持要学不走,我索性就让儿子试一试,也好让他摔一摔知疼而止。姑娘连忙从边上拿出一双一次性袜子和直排溜冰鞋,细心地帮小孩穿上,边穿边解说,穿鞋要从下往上,松紧度要合适,最后戴上手脚护具和帽子。接着,姑娘又把儿子带到一块塑胶地毯上,让儿子站好,她两手抓住儿子的脚,嘴里喊着,上,下,上,下。儿子的双脚随着节奏上下踏步,稳稳妥妥。练了一会儿,妻问儿子,累不累?儿子高兴地说,不累,不累。

利用儿子休息的空档,姑娘对我们做起了促销,并一再保证,教会为止。以后只要不下雨,每天七点半准时在这里开课。姑娘的热情、细心打动了我和妻,于是答应让儿子来学。姑娘让我们挑选溜冰鞋套餐,妻挑了最贵的那双,八百多块。姑娘拿了登记本,让我们填写姓名年龄和联系电话,并交了订金,说是明晚她带鞋子过来,我们交齐钱,孩子就算入学了。儿子练了半小时,恋恋不舍地脱了鞋子。

接下来的日子,我和妻轮流着或一起带小孩学溜冰。有一天晚上,妻神秘地说,有一位农民工模样的,在那树底下,跟着姑娘做动作。说着比画起来。我说,我没留意,眼睛一直盯着小孩,怕他摔倒呢。妻说,算是偷师学艺吧。

第二天晚上,那位农民工又出现,真的像妻说的。男人约有四十多岁,旁边还摆着一辆旧单车。他一直没走近,就那么远远地学着,生怕给人发现似的。我暗自想,这样也能学到吗?连溜冰鞋都没有。我故意走过去,他看了看我,憨憨一笑,停了下来,不学了,过了一会儿,他推起单车,骑走了。回家后,我把这事告诉妻,妻说,你这人呐,打扰人家干吗呢?

有一次,妻回来后说,你猜那位农民工今晚怎样啦?我笑着说,难道他穿着溜冰鞋学吗?妻说,不是,带着一个小男孩过来,在那学着呢。哦,我恍然大悟,原来他是想学会后教小孩。妻说,那小孩挺可爱的。给件好事你做吧,少抽点烟,帮人家把学费交了。

有了念头之后,我故意跟他搭讪。我递一支烟给他,说,兄弟,借个火。他掏出打火机给我,刚开始不接我的烟,摆摆手,我塞到他手,他也就接了。于是,我们抽着烟,聊了起来,我问,像你这样,小孩是学不会的。他抽了一口烟,点点头。我又问,小孩多大了？他答,四岁多了。我又说,最便宜的套餐四百多。或许我可以帮一下。他马上说,谢谢！不用。我暗叫自作多情。他抬头问我,大哥,小孩在这溜冰学校报名要户口本吗？我回答,应该不用吧。只是做了一下登记而已。他听后很高兴,原来不用啊！太好了！明晚我就带儿子过来。接着,我们又聊了很多,他告诉我,他在建筑工地干泥水活。孩子是超生的,交不起罚款,没上户口。小孩连幼儿园也没上。我安慰他说,孩子是无辜的,政策正在改革,会好起来的。临走时,他说,大哥,谢谢啊！你不是自己有打火机吗？

那天晚上,我翻来覆去睡不着,索性起床,过小孩房间看看儿子,儿子睡得很沉,估计是溜冰累的。

第二天晚上,我没见他带儿子过来学溜冰,从此再也没见到他。听说有建筑工地出事了。

爸爸的单车丢了

这本来是一件小事。

但妈妈说,爸爸丢车后,像丢了魂似的,整天待在家里,闷声不出。照这样下去,怕是要闷出病来。

我问妈妈,什么时候丢的?妈妈想了想说,就在你弟弟打电话回来那天。应该有三天了。我再问妈妈,弟弟知道这事吗?妈妈说,你爸不让告诉你们!我这是在邻居家给你打电话,你弟还不知道呢。好了,我挂了,电话费贵。

妈妈挂了电话,我才想起,我忘记跟她说今年我不回去过年了。我拨通弟弟的电话,简单说了一下。弟弟说,小事一桩!不就一部单车嘛,这事我来搞定。那部单车是你买的,这部单车由我来买。

第二天中午,我正在午休,弟弟来电话,说,爸爸把单车给退了。我说,怎么回事啊?弟弟说,他让同学买了一辆山地车送家里去,爸爸死活不肯要,还说,没有原来的好!这什么话啊?那单车就剩下车架是原来的,其他的都换过了!我呵呵笑说,老年人念旧是肯定的,要不然会给人家说喜新厌旧的。弟弟说,你还有心情开玩笑?闷出病来,麻烦大啦!难道再给一部旧单车就不是喜新厌旧啊?我赶紧说,不是的,你不了解爸爸。这事呢,我来搞定。

我打电话到家里,妈妈接的电话。妈妈说,你爸刚走,给李伯硬拉出去的。我说,估计爸爸怕花钱,我过一会儿汇两千块过去,

你让爸爸自己去挑一部单车。妈妈赶紧说,不用不用,家里有钱。我说,这不一样的。上一部单车是我买的,这次还由我来。妈妈还说不用,我说就这么定了,要不然爸爸闷出病来怎么办?妈妈只好说,那好吧。

临下班的时候,弟弟打来电话,呵呵笑说,你搞不定!我说,怎么搞不定?弟弟说,他打电话回家了,爸爸说,他不要钱,他有钱。他要走路,不要单车了。我说,那好啊!现在城里人还流行散步呢。弟弟说,你没听出那是气话吗?你不了解爸爸啊!你以为有钱可以搞定一切啊!我说,依你的意思,该怎么做啊?弟弟说,春节快到了,你回去后亲自再给爸爸买一部,不就完了吗?我说,今年我不回家啊,你回去买吧!弟弟说,我今年不回去,已经约好同学一起去哈尔滨看冰雕了。我说,你都三年没回去了,今年你回,我就不回了。弟弟说,我都已经跟爸爸说了。我问,你什么时候说的?弟弟说,好像是丢单车那天吧。我说,还是你回吧,我都跟你嫂子说好一起去海南过春节了。弟弟哈哈大笑,应该是未来嫂子吧。我说,那你知道该怎么做啦?弟弟说,我再考虑考虑。

过了一天,妈妈来电话,妈妈说,你爸问你什么时候回家?我说,上次打电话忘记说了,今年我不回去了。你跟爸爸说一下。爸爸现在怎么样?好些了吗?让他来接电话,我劝劝他。妈妈说,还是老样子。老头,老大的电话,你接一下。过了一会儿,妈妈说,你爸不接,说知道了。你们都不回来啊?妈妈说着,有些哽咽。我赶紧挂了电话。

年底事多,忙起来把爸爸的事给忘了。有些同事已经提前买票走了,这时才想起,爸爸怎样了?我赶紧打电话给弟弟,弟弟说,他也没打电话回去,不知道怎么样。我抽空打电话回去,电话没人接,难道都出去了吗?两小时后,我再打电话过去,还是没人

接。难道爸爸想通了,出去外面了?妈妈呢?

　　晚上再打电话回去,妈妈接了。我问,爸爸今天出去外面啦?妈妈欲言又止,说,你爸不让告诉你们,他病了,现在还在卫生院打吊针呢!我埋怨妈妈,这事怎么可以不告诉我们呢?爸爸也真是的,怎么能不告诉做儿子的呢?妈妈说,你爸说,告不告诉你们,还不是一样。我愣了一下,我不知道该怎么回答妈妈,真不知道怎么回答妈妈。

　　妈妈接着说,其实啊,你爸的病根不在单车,那天是你弟打电话回来,说他不回来。你爸接完电话,坐在沙发,一个人自言自语,说,又不回来,又不回来!也不知道变得怎样了。整个人丢魂似的,出去后,连单车丢哪都不知道。

　　我的眼泪哗啦啦地往下流,我擦擦眼泪说,妈,今年我们都回去。

阿六开店

　　如往常一样，阿六一早起来，打开拉闸，这时，他发现店前的公共汽车亭站着一个人，是谢队！城管的谢队！麻烦了！又有行动了！今天这些冰箱雪柜不能搬出店外摆了。但又一想，或许谢队今天来这里搭车也不一定，可看谢队的样子，不像！他没有往来车的方向看，他的眼睛往他这边，阿六想跟谢队打声招呼，又寻思还是不招惹的好，平时他对这里管得挺严的，特别是刚开张时，要不是托关系，他三头两天就来关照。

　　阿六干脆坐下来，点燃一支烟，不急，店面打开了，想买东西的自己会找上来。这时，谢队走过来，阿六连忙站起来，堆起笑脸说，谢队，真早啊！谢队也笑笑说，没什么，习惯了。阿六马上打开雪柜，拿出一只矿泉水，来，喝水！谢队摆摆手，刚吃过早餐，不用！阿六递上一支烟，说，那坐一坐，喝杯茶！谢队坐下来。阿六想，这样也好了解一下情况。

　　阿六泡好茶，两人喝起来。公共汽车来了两班了，谢队一点要去坐车的意思也没有，阿六不敢问，继续泡茶。

　　谢队说，这些冰箱雪柜在这挺占地方的，把它摆出去。阿六说，今天可以摆出去吗？谢队说，怎么不能摆出去呢？阿六赶紧说，那好，你先坐一下，我拉出去。阿六刚一动手，谢队立刻也站起来帮手，阿六说，谢队你不用动手，我自己来就行了。谢队说，不用客气！阿六不敢动，谢队说，拉出去啊！阿六又说，你坐下，我自己来就行。谢队还是坚持要帮忙,阿六只好顺其自然。

摆好冰箱雪柜,阿六拿了一条烟包好,放在台面,这些动作阿六故意慢吞吞的,让谢队看见。接着,阿六又坐下来泡茶。谢队问,现在生意好不好做啊?阿六"唉"的一声,现在啊,不比以前咯,你看,你在这里坐这么久,我一单生意都没有。阿六吐了许多苦水,谢队连连说是是。

谢队喝一杯茶,起身说,我走了。阿六连忙拿起包好的烟塞给谢队,谢队赶紧推开,你这是什么意思嘛?阿六塞了几次,最后谢队把烟往台面上一放,走了。

阿六感觉事情大了,往时不是这样的。阿六赶紧拿起手机打电话给朋友,朋友说,有这回事啊?不急,我了解一下情况再说。

阿六忐忑不安地坐着,不知道哪里得罪了什么人,这两天似乎也没发生异常的事情。对了,敢情是昨天的那位老人?昨天傍晚,阿六开摩托车刚停下来的时候,一位老人往他身上倒下来,要不是他反应快扶住,老人就摔地下了。阿六把他扶店里坐下,还帮他擦油,等老人舒服了,才把他送走。当时叫老人打电话给他的子女过来接他,老人死活不同意,说他是自己跑出来逛街的。肯定就是这事!阿六越想越清晰。这种事情电视上刚播过,反咬一口。阿六有点后悔,我怎么这么傻啊!

老婆送早餐过来,阿六也没胃口吃。老婆问,你今天感冒了?一点精神也没有。阿六说,唉,昨天干了一件傻事!就是昨天,千不该万不该去扶那个老人,一大早谢队又来了,什么也没说,喝完茶就走人,送他烟也不要。老婆急忙说,还不赶紧打电话。阿六说,打了,正在了解情况。老婆叹了口气说,好人难做啊!看那老人,应该不会冤枉我们才是。说完买菜去了。

过了一会儿,工商所的张所来了。阿六招呼他坐下喝茶,张

所问,现在生意好不好做啊?阿六又"唉"的一声,现在啊,不比以前咯,你看,早上到现在,我一单生意都没有。阿六又吐了许多苦水,张所连连说是是。

张所喝一杯茶,起身说,我走了。阿六连忙拿起包好的烟塞给张所,张所赶紧推开,你这是什么意思嘛?阿六塞了几次,最后张所把烟往台面上一放,走了。

阿六更加忐忑不安,这事情闹大了!阿六想再次打电话给朋友,但怕催得太急,拨了号码又按掉了。

过了一会儿,税务所的李所来了。阿六招呼他坐下喝茶,李所问,现在生意好不好做啊?阿六又"唉"的一声,现在啊,不比以前咯,你看,早上到现在,我一单生意都没有。阿六又吐了许多苦水,李所连连说是是。

李所喝一杯茶,起身说,我走了。阿六连忙拿起包好的烟塞给李所,李所赶紧推开,你这是什么意思嘛?阿六塞了几次,最后李所把烟往台面上一放,走了。

阿六更加忐忑不安,这事情更大了!三个部门的领导都来了!阿六想着,直冒冷汗,这老人什么背景啊?

阿六还是硬起头皮再次打电话给朋友,朋友说,正想打电话给你呢。你昨天是不是扶了一个老人啊?阿六一听,脑袋"轰"的一声,果然是这个事情!阿六说,是啊。朋友哈哈大笑,你做好事啦!阿六蒙了,什么好事啊?朋友说,市里正在搞社会公德建设,那个老人是故意出来试探的。阿六"啊"的一声,喘了口气,接下来,朋友说什么他没听清楚,最后朋友说,下午有记者过来采访你。

阿六放下电话,把冰箱雪柜重新拉进店里,拉闸关门。

拜 年

阿六全家到张三家拜年。大家一见面，互相拱手说，新年恭喜发财！

阿六老婆赶紧从怀里掏出一个红包，递给张三儿子，张三儿子双手接过，满脸笑容，说，谢谢阿姨！阿六老婆说，这孩子越来越乖巧了！

张三老婆也赶紧从怀里掏出一个红包，递给阿六儿子，阿六儿子双手接过，满脸笑容，说，谢谢阿姨！张三老婆说，这孩子越来越乖巧了！

互相祝贺之后，张三老婆拿出糖果给小孩，张三泡茶接待。喝了几杯茶，阿六说，还要到别处，先告辞了。

关上门，张三小声问，儿子，阿姨红包多少钱啊？儿子笑眯眯地答，五十。张三老婆高兴地说，我也给五十。

下了楼，阿六小声问，儿子，阿姨红包多少钱啊？儿子笑眯眯地答，五十。阿六老婆高兴地说，我也给五十。

赵四全家到阿六家拜年。大家一见面，互相拱手说，新年恭喜发财！

赵四老婆赶紧从怀里掏出一个红包，递给阿六儿子，阿六儿子双手接过，满脸笑容，说，谢谢阿姨！赵四老婆说，这孩子越来越乖巧了！

阿六老婆也赶紧从怀里掏出一个红包，递给赵四儿子，赵

四儿子双手接过,满脸笑容,说,谢谢阿姨!阿六老婆说,这孩子越来越乖巧了!

互相祝贺之后,阿六老婆拿出糖果给小孩,阿六泡茶接待。喝了几杯茶,赵四说,还要到别处,先告辞了。

关上门,阿六想起,赵四不是也要去王五家拜年吗?叫上赵四一家坐上自己的车一起过去吧。于是,阿六跑到阳台去,阿六正准备开口喊赵四时,听到赵四老婆说,儿子,阿姨红包多少钱啊?儿子不满地说,切——才二十块!比去年还少!赵四老婆气愤地说,我都说了,包二十块就行,你偏要包五十块!你看,人家不是也才包二十块吗?儿子问,那我们不是亏了三十啊?赵四用食指挡住嘴巴,"嘘"的一声,小声点,小心给听到!多不好意思啊!赵四抬头往上一望,阿六赶紧把头缩进去,赵四说,估计阿六去年经济状况不行吧。赵四老婆说,状况不好能抽中华烟吗?不就是一包烟的钱吗?还新年发财呢?先亏了啊!阿六难堪得很,脸一阵红一阵白。

阿六进了屋里,问儿子,阿姨红包给多少啊?儿子笑眯眯地答,五十。阿六老婆说,这么大方啊?去年他家给二十,今年我才给二十啊。儿子脱口说,那我们不是赚了三十吗?阿六说,一会儿去王五家拜年。包上五十的。

阿六全家到王五家拜年。大家一见面,又是互相拱手说,新年恭喜发财!

阿六老婆正准备从怀里掏出红包递给王五的儿子,王五老婆早已拿着一张崭新的一百块人民币,迅速递给阿六儿子,阿六儿子双手接过,满脸笑容,说,谢谢阿姨!王五老婆说,这孩子,越来越乖巧了!今年啊,咱不用红包,简单点。说完呵呵笑,看着阿六老婆。阿六老婆看了一下阿六,阿六眼神暗示了一下,阿六老婆也笑呵呵说,简单点好!阿六老婆也掏出一张崭新的一百块人民币,递给王五的儿子,王五儿子双手接过,满脸笑容,说,谢谢阿姨!阿六老婆刚要称赞一下王五的儿子,房间里跑出两个女孩来,王五老婆说,还不叫叔叔阿姨好?俩女孩齐声说,叔叔阿姨好!阿六老婆反应快,赶紧又掏出两张崭新的一百块人民币,说,不急,不急。都有!一人一张。俩女孩双手接过钱,满脸笑容,说,谢谢阿姨!

互相祝贺之后,王五老婆拿出糖果给小孩,王五泡茶接待。喝了几杯茶,阿六说,还要到别处,先告辞了。

下了楼,阿六抬头望望王五家的阳台,确定王五没在阳台,阿六小声说,奇怪啊,前几天,王五还找我要了一沓红包呢?阿六老婆说,不是说俩女孩回老家过年了吗?阿六说,是啊!估计车票难买吧!一票难求啊!阿六老婆说,都是你胆小啊!阿六问,怎么胆小了?老婆说,你不是怕超生吗?当年要是多生一个两个,春节派红包至于这样年年吃亏吗?

英雄出处

突然想起老李,打个电话给他。老李第一句就是,真是心有灵犀啊!我奇怪,想我?老李哈哈大笑,就是就是。刚把稿子写完,想请教你呢。我说,你这个报告文学专家,请教我这个写小小说的?我的笔下可没有好人啊。老李说,还真是要请教你,这次接了外地一个企业家的报告文学稿子。其中的一些细节,张总说是有些用老家话可以表达,用普通话表达不了。哦,张总是你们老家那边的。我说,那你带上稿子到我办公室吧。

老李兴冲冲地到我的办公室,一进门就说,又装修了?赚大了吧?我说,搭好戏棚好唱戏嘛!

老李坐下后,拿出稿子给我。问我认不认识这个张总,我看名字不熟,虽然是我们县的。我泡茶给老李,老李催我,赶紧先看。

我拿起稿子看,好几页。看完之后,我哈哈大笑,老李问,有问题?我说,这个人估计我认识。老李说,真的?我说,名字不认识,但这个人见面会认识。老李说,为什么?我说,因为第一,这个人高中跟我同一学校,第二,除了后来他创业的那部分,前面基本跟我的情况一样,简直是在写我。老李惊讶地睁大眼睛,我说,不奇怪。因为我那个年代的人,小时候这些活,大家都干过。但张总说,他考上大学,因为家里穷自己毅然放弃,在我们中学似乎没有。老李说,这是他亲口说的,还说,他现在还在读大学,就是为了完成心愿。

冲好茶。我说,你抄袭我的文章。老李笑笑说,怎么说是抄袭呢?就是参考嘛。张总说他小时候捡大粪,我就想起你的那个小小说《阿忠师傅》,借用你那些生动的细节,别忘了,我也是你的粉丝啊,你的粉丝用你的一些东西,你不会介意吧?我说,粉丝?呵呵。大作家当我的粉丝?

我喝了口茶,说,还有两个情节写得不好。老李问,是不是挖田石榴和捡破烂?我说,是的。老李说,就是这个要请教你啊!

我说,你的这个捡破烂情节,是你自己想出来的。我们那时可不是这样的。你说的是拿蛇皮袋,那时哪有这个玩意儿?我们小时候是背着箩筐,用一根粗硬的铁线折一个"7"字钩,赤着脚,见到垃圾就翻,把纸皮、橘子皮、牙膏壳那些可以卖钱的,通通钩进筐里。哪来你说的矿泉水瓶?老李说,那是张总说的,我确实没想到。我接着说,回到家后,倒出来分类,湿纸皮和橘子皮还要晒干,也不是当天就卖,要攒起来,差不多了数量才卖。遇到争地盘,那个铁线钩就派上用场了。张总有没说打过架?老李说,没有。我说,我差点大腿给人刺个窟窿。竞争残酷啊!你看,现在做废品生意的,还在打打杀杀呢。

老李问,那另一个呢?我说,挖田石榴?那时我们利用放学时间,背上箩筐到田地或山上。烈日炎炎啊,趴在地上,用手扯或挖,手都磨烂了。因为挖的人多,有时要走很长的路。一般是几个结伴而去,天一黑啊,我们几个小伙伴怕得很,山上坟地多,怕鬼,怕豺狼。田石榴挖回来后,要散开,不能给焖到,否则要烂,卖不起价钱。第二天拿到太阳底下晒,不能太干,这个是按斤算钱的。不小心晒太干,有人会用水含在口里,喷撒下去。

有一次，我喷多了，那个收购商不要我的，苦苦哀求才打折收了。还有，那时上山常有小孩子中暑晕倒。渴了喝泉水，哪来的矿泉水？一斤才两毛左右，那个收购商还时不时地用手抓一抓，一抓，那些晒得干的就会断，掉在地上，损失一些。

老李说，看来这几段，晚上加班我再修改。想不到你还干过这么多活，说起来比张总熟悉多了。哦，后天我约了张总看稿子，你一起过去吧，说不定你认识。我说，方便吗？老李说，应该没问题。我就说带一个你们的老乡作家。既然小时候经历一样，说不定有很多共同语言。我说，也好。多一个朋友多一条门路。

其实，老李说带我一起去，目的无非想让我开车送他。开了三小时车，才到张总的办公室。等了一个小时，张总才到。

这个张总竟然是我们同一条街的小伙伴。一见面，大家就认出来了。张总握着我的手说，原来老乡作家就是你啊？我说，作家是业余的，平时就是做些工程养家糊口。你改名了？张总说，原来的名字太土，找算命先生改的。

老李把稿子交给张总，张总粗略看了下，说，先放着。哦，我来的路上，一个客户约我过去，要不你们先在这坐一坐，我办完事就回来，晚上一起吃饭。老李说，也好。我站起来说，我也还有事，再电话联系吧。老李看着我，我瞪了他一眼，老李也起身。

回来的路上，老李问，既然是小时伙伴，干吗不多待一会儿？我说，捡大粪那些事，张总根本就没干过，他爸那时是国家干部，他又是独苗，他想去，他爸还不同意呢。老李又问，后来你们没联系？我说，张总初中还没读完，他爸就因为贪污判刑了。在老家待不下去，全家也不知道搬到哪里去，跟大家失去联系。

　　老李"哦"的一声。我说,读过我的小小说《心愿》吗?老李答,读过啊,怎么啦?我说,记不记得里面那个常有卤猪肉吃的阿旺。老李说,记得。我说,那个阿旺就是张总。

　　老李又"哦"的一声,接着说,那天打电话给我,什么事啊?都忘记问你了。我说,找你写我啊。

英雄出处之二

老李又突然出现在我的办公室,我知道,他是无事不登三宝殿,我放下手头工作,陪他喝茶。

我问,上次的文学报告通过了吧?稿费分我一半啊。老李呵呵笑说,你也在乎那点稿费?我说,主要是承认版权的问题。老李哈哈笑,改天请你吃一餐吧。

我说,又有什么问题?老李说,没事不能来喝茶吗?我说,好好,请你喝茶。

老李喝了几杯茶说,真是好茶!要不怎么能写出《喝茶》那么好的小说呢!我说,别把我捧那么高吧?说说你的事。

老李说,昨天,与其说是采访一位企业老板,不如说在跟一位港产片的黑社会头头喝茶。一问三不知,这样的报告文学怎么写啊?我说,说来听听。老李接着说,怎么说我也看过些相学的书吧,但横看竖看也看不出这个何董能发达啊?我笑起来,那你看看我能发达吗?老李说,唉,他不停地眨眼,不停地抠鼻子,不停地摇着二郎腿。请他讲讲自己的一些故事,他就说,喝茶喝茶!临走叫秘书给我一些公司的资料。我说,这是考验一位作家的想象力吧!老李说,我总不能瞎编吧?报告文学必须有事实啊!我冲好茶说,世上本没有路,走的人多了就成了路。有了路才有路名,有了路才有机动车道和人行道。你干吗要注明是报告文学呢?他能有今天肯定有他的过人之处。老李一拍大腿,说得好!我怎陷入死胡同了呢？多谢高人指点！我说，看看，又拍马屁了！

老李喝了口茶说，上次你叫我写你，顺便我就采访一下你。有些也可以为我所用。我摆摆手说，这可不行！老李又呵呵笑说，这个何董也是你老乡。你不帮也要帮！

我想了想，说，上些日子，我在朴璞作家论坛发了一个贴，叫《生活中的急中生智》，你找出来参考参考。老李说，感谢了！

过了一个礼拜，老李来电，说，稿子写好了。请你过目！我说，你客气了！不用不用！老李说，用了你的东西，你要批准认可啊！顺便喝喝你的好茶！我说，那好吧，过半个小时到我办公室来。

老李又是带来一沓稿子，果然用了我的几个情节，虽然经过了他的加工：

有一次，何董在东莞坐中巴，发现几个小偷正在偷东西，气焰非常嚣张，售票员不敢出声，连被偷的人也装作不知道。何董的心里那个急啊，平时就爱抱打不平，但单枪匹马肯定打不过这几个小偷，怎么办呢？好一个何董，眨了眨眼，计上心头，靠着椅背，掏出手机，一边抠着鼻子一边大声说，哦，是李所啊，怎么？抓了几个抢劫的！好好审！等我回来！过了一会儿，到站了，那些小偷通通开溜了。售票员激动地握着何董的手说，谢谢！谢谢！何董身边一个人说，好在有你！要不然，我身上的钱就要给抢了！你是哪个派出所的？何董微微笑，说，小事一桩……

又有一次，何董出差在外地，突然，肚子一阵疼，麻烦了！肯定吃坏了！何董快速环看四周，刚好，不远处有一个卫生间，何董三步并作两步走。拉完之后，何董一摸口袋，又麻烦了！没带纸巾！何董拿起电话，可打给谁啊？总不能叫自己的客户送点纸巾来吧？何董惯性地观察周围，只有一个纸篓。何董突然想起有人带多纸巾的，肯定没带走扔在纸篓里。果然，何董猜得没错！何董

又一次利用自己的智慧化解了困难。后来,何董常说,勿以善小而不为!何董还以自己的这次亲身体会应用于自己企业的人性化管理,要求自己企业所有的卫生间必须配备卫生纸,如发现用完必须及时补充……

在跟何董接触中,一直不明白,何董为何能在一次次困难中,轻而易举地化解。一天,何董无意中说起自己小时候的一个故事。何董小时候家里穷,但喜欢看电影的他经常跑去附近的电影院看电影,但没钱买票啊?可是,何董每次总有办法进去,何董还毫不保留地将那些办法教给小伙伴们。譬如,在检票处观察是否有单身大人进去,如果有,看准时机,抓住那人的衣角,假装是他(她)的小孩跟进去……

看了这三个情节,我哈哈大笑,好一个老李!上厕所这个事情怎么也能写进去呢?老李说,先写进去让他看看,不行再删掉嘛。

几天后,老李又来办公室,一进门就满脸笑容,你那几个情节,何董竖起大拇指说好!特别是上厕所那事,何董说他遇到过,但确实不知道怎么办啊。

我说,记得下次写我时,要免费啊。老李哈哈大笑,肯定肯定。

流浪猫和流浪狗

某家养有一只猫和一只狗。

女主人宠猫。白天,猫晒晒太阳,有时逗女主人玩一玩。晚上,猫在家里到处转悠,寻找老鼠,有时会捕获一只老鼠,讨女主人欢心。男主人不在家时,女主人还会抱猫到床上睡觉,猫想,女主人如此宠爱,非忠心无以为报。

男主人宠狗。狗儿常跟男主人开车外出溜达,少不了好吃的。晚上更是忠于职守,看家护院,一点也不马虎,稍有风吹草动,狗马上吠声大作,提醒主人有敌来袭。遇有生客,没有主人吩咐,拦住大门,谁的面子也不给。

女主人结婚多年,没生孩子。男主人说,建议女主人不要养猫,书上这么说的。猫儿容易寄生弓形虫,对孕妇不好。女主人说,除非你不养狗。以后有孩子了,孩子给狗咬到怎么办?况且,这狗只听你的话,好几次有朋友来家都进不了门。男主人不同意,说等有了孩子再说。女主人也不同意,说等怀孕了再说。男主人说,那就不要抱猫,更不可以让猫上床睡觉。女主人勉强应承。女主人说,那你不要把狗放在家门口,把他锁上。猫听了,非常感激女主人,虽然女主人从此不再抱它。同时猫对男主人竟升起一股怨气,对男主人躲得远远的。狗听了,也非常感激男主人,虽然它再也不能守在门口,不再威风凛凛。同时狗也对女主人有一股怨气,对女主人也躲得远远的。

有一次，女主人出差。男主人带了一个年轻的女人回家。女人一进家门，对着狗叫个不停，宝贝宝贝，哎呀，好久不见，瘦了！狗儿依偎着女人坐在沙发上，很是亲密。女人还带来了很多好吃的狗食。

　　晚上，猫到处转悠，突然，听到主人房间里传来疑似老鼠的叫声，猫集中精神，严阵以待，猫进不了房门，绕着房子转，终于发现一扇窗户有一条缝，猫不敢出声，用力地掰开，掰了好久，才掰一条缝可以进去。猫把头探进去，房间的灯开着，里面没人，只有洗手间里的水哗啦啦地流。猫小心翼翼地跳下，瞪大眼睛仔细地搜寻，猫躲在床底下蓄势以待。过了一会儿，洗手间里走出一个女人，穿着女主人的拖鞋，猫嗖的一声跳出来，女人吓得跳起来，大叫一声，啊！男主人从洗手间跑出来，什么事？女人指着猫说，猫，猫！男主人说，还以为什么事呢。操起枕头往猫打去，猫猛地跳起来，急忙从窗户逃走，脚不小心撞刮到，流着血，喵喵地叫。

　　女人出差回来，猫一拐一拐地围着女主人，女主人心疼地再次抱起来。男主人责怪女主人怎么又抱猫了。女主人流着泪说，我不在的时候，你怎么对猫了？男主人说，我怎么知道？猫喵喵地叫。女主人刨根到底，非要男主人说个明白。

　　一天，男主人和女主人一家外出郊游，带着狗。到了目的地，狗一下车，往远处飞也似的跑起来，任凭男主人怎么叫也不停。女主人看到狗跑到一个年轻女人旁边，围着女人，摇着尾巴，转来转去。女主人问，这是怎么回事？男主人说，我也不知道，发情啊？女主人说，嗯嗯，这是一只母狗啊！连你的话也不听了！男主人摇摇头说，动物毕竟是动物！不要也罢！

　　回来后的第二天，男主人没经女主人同意，带上猫和狗，开

车到一处荒山野岭,把猫和狗给放了。

猫待在原处,一动也不动,看着男主人开车走了。狗拼命地追,狗不明白,男主人把猫给放了是因为女人怕猫,但为什么把我也给放了?

阿六养猫

阿六大学毕业分配到单位，单位因为住房紧张，在仓库里隔了一个房间暂时给阿六做宿舍。阿六的宿舍鼠患成灾，每晚翻箱倒柜，闹得阿六睡不着。可恼的是，白天一群老鼠竟然大摇大摆地在宿舍走来走去。

阿六买了一个老鼠夹，夹上一片鱿鱼丝摆在客厅，第二天，逮到一直又肥又大的老鼠，好奇的阿六拿去一称，足足两斤多。为了解恨，阿六把老鼠杀了，剥了皮，去掉头尾和内脏，买了一斤西洋菜，把老鼠肉煲汤给吃了。

当天晚上，阿六如法炮制，装上老鼠夹，可连续几天再也逮不到老鼠，老鼠们继续闹腾。同事说，抓过一次的老鼠夹有老鼠味道，老鼠不会再上当的。可也不能抓一只买一个，阿六上街买强力老鼠胶，果然逮了一只小老鼠，可以后再也逮不到了。宿舍里安静了几天，但几天过后，老鼠们的表演又开始了。

阿六不停地向单位打报告，鼠患不解决，严重影响他的正常休息，从而影响工作。单位领导实地考察后，情况属实。经过研究，决定为阿六分配一只猫。并把这个好消息告诉阿六，已经在物色一只好猫。

阿六左等右等，盼了几个月，终于盼来了一只小猫。阿六高兴得很，当晚也不睡觉，准备看猫抓老鼠。

小猫见到成群的老鼠，竟然吓得目瞪口呆，站在那里一动也不动。阿六可气又可笑,第二天向领导反映,要求换一只会抓老鼠的猫。领导拍拍阿六的肩膀说,要允许小猫有一个适应期嘛!

阿六听同事说,没学习过抓老鼠的猫是不会抓老鼠的,猫不是天生会抓老鼠的。阿六决定让小猫去学习抓鼠。刚好,单位外派阿六到外地技术培训半年。

半年后回来,阿六也把小猫抱回来,当晚,小猫就抓了一只小老鼠。接连几天,天天有收获,每天早上起床,客厅里准会有一只死老鼠。小猫看见阿六,喵喵地叫,围着阿六的脚转。

阿六每晚睡得香,工作起来也起劲,为单位解决了不少小问题,领导在会上点名表扬了阿六。阿六上街买了一包猫食,阿六觉得,这也有小猫的一份功劳。

小猫慢慢地长大,抓鼠的技能越来越厉害,有时一个晚上竟然抓好几只。阿六每次一回宿舍,就抱着小猫,爱不释手,甚至连睡觉都在一起。阿六觉得,是猫给他带来了好运,因为没有老鼠的打扰,睡得香,工作有劲,领导为阿六加工资,阿六成了单位的技术骨干。

渐渐地,阿六发现,已经很久没见猫抓老鼠了。老鼠全给抓光了吗?不是,阿六亲眼看见隔壁房间窜出几只大老鼠来。阿六想起下午领导开会时说的一个词"本位主义",领导说,现在某些干部存在本位主义,只知道干好自己的事,没从大局出发,造成单位经济效益上不去,对相关部门相应扣除绩效工资。当然,阿六的部门也不例外。

阿六单位里忙啊,忘记了买猫食,回到宿舍看见猫喵喵叫的时候才想起又忘记了。几天过后,奇怪,猫不叫了。早上起床又发现客厅有死老鼠,阿六明白了,猫自己到隔壁抓鼠吃去了。阿六干脆不买猫食,让猫自己抓鼠,其实,阿六也没时间去买猫食,阿六的部门承接了单位技术难题攻关，阿六自己有时都忘记吃饭，在办公室睡觉，不知不觉连猫的事也没时间管。

经过阿六部门没日没夜地攻关，单位的很多技术难题解决了，阿六被评为先进个人、技术标兵，提升为科长。阿六请假三天在宿舍大睡，醒来之后才想起，猫呢？阿六在宿舍里找不见，到附近找也不见，后来在仓库的角落里才找到，猫正在享受着一只肥大的老鼠。

阿六又有空了，单位的事少了，可以跟猫玩了。阿六拿出一部分奖金，买了一大堆进口高档的猫食，补偿猫。

老鼠少了，猫每天享受着高档的猫食，慢慢地，猫长膘了，肥滚滚的，跳不起来。阿六当了科长之后，应酬多了，营养丰富，也长胖了。

单位的经济效益好了，建了新房，阿六分到了一套三居室。但领导也出事了，上级调查了几个月，大事化小。领导调走了。新领导一上任，马上人事改革，阿六也难免换岗。

搬新房的时候，有人疑惑地问阿六，装修得那么漂亮的房子，还养猫干吗呢，新房又没有老鼠。阿六笑笑说，我跟猫有缘。

村干部给咱来电话

是阿六兄弟吗?

是,你是哪位啊?

哈哈,出门几年就把我给忘啦?是我,村支书啊。

哦,村——支书,你好你好!

这是破天荒阿六第一次接到村支书的电话。难道家里出事了?前天才跟母亲通了电话。阿六紧张起来,轻声问,村支书,有事吗?

村支书听后在电话里一阵大笑,你小子,出外才几年,就这么俗气了!没事就不能给你打电话吗?

阿六话一说出,马上有点后悔,肯定是村里修路捐款的事。去年村里修路,村支书说家里有人外出打工的每户加一倍的款。阿六出不了这笔钱,一直拖着。阿六赶紧说,是是,谢谢村支书关心!

村支书又说,告诉你好消息,村里的路修好了,你也不回来看看,可漂亮了!

阿六急忙答,放假肯定回去,肯定回去!捐款的钱我还凑不齐呢。

村支书听完,电话里又是呵呵大笑,阿六啊,村支书知道你跟别人没法比,你的家庭比较困难些,我已经特批你不用交了。

阿六一时不知说什么,点着头,过了一会儿才缓过神,说,谢谢村支书,谢谢!前年我妈的医药费我还没还清呢。谢谢!

村支书叹一口气,哎,阿六兄弟,你和我还客气什么呢,说起

这事,我还真得罪人了。你那个亲戚啊,他的儿子在南方当老板,也说要跟你一样减免掉,还跟我闹。好人难做啊!

阿六听了有些激动,是啊,他还是副书记,党员应该起模范作用才对啊。

村支书又说,好好,别提他,也就是跟你打个电话。我还有事,挂电话了。

阿六挂了电话,心里还激动不已,上次村里修路,母亲找村支书说情,说是否可以捐少一点,村支书一口否决,说是一视同仁,这次特批减免了,真好!阿六松了一口气。突然,手机又响起。

喂,是阿六吗?

是,你是哪位?

是你胖婶啊!

哦,李主任!你好你好!

上次李主任来阿六的城市,几个乡亲请她下馆子,还给她送礼品。阿六因为加班没去,礼也没到。李主任回去后气愤得很,三天两头到阿六家里,说是阿六媳妇每个季度必须回去妇检,上面计划生育抓得紧,否则要罚款。阿六母亲偷偷买了点礼品送去,说是阿六托人带给她的,这事才算完。

阿六有点纳闷,阿六说,主任啊,上次你来了没能好好接待你,下次你来提前通知我,我一定请假。

咯咯咯,阿六啊,你说的什么话?在外打工也不容易,我只是路过而已,接待什么啊。我这次打电话是要告诉你好消息,通过我的努力,哎,求爹爹拜奶奶,县里准备拨点资金给我们村建一个幼儿园,解决村里留守儿童的问题,接下来,我还要想办法解决小学问题。这个不用你们外出的捐款,资金缺口我来想办法。

谢谢!谢谢!阿六一连几声谢谢,儿子终于可以上幼儿园了。

领导们终于重视这个问题了。

李主任又说,也没什么,经过你家门口,想起你,随便给你打个电话。好,挂了。

电话刚挂,又有电话进来。

喂,阿六侄子啊?

是,你是?

旺叔啊,听不出啊?忘得真快啊!上次你妈摔倒,还是我找人送去县医院的啊!

是是,谢谢旺叔!你人缘好,又是副书记,这事让你费心了!

阿六啊,你是不知道旺叔的难处啊!什么人缘好,说话不起作用啰,越老越没用!

怎么会呢?我家一直承蒙你关照!

知道就好!还不会忘本!上次村里修路啊,我说捐款不能下任务,毕竟有些人拿不出这么多钱,谁听我的?特别是村支书,一意孤行,像你这种有困难的也要跟大家捐一样多,瞎闹!很多人怨气得很!当时要我是村支书,能这样吗?

是是。还是旺叔好!体谅我们!

呵呵,没什么。有空多给你妈打电话,你那儿子调皮得很,怪可爱的!好了,没什么事,挂了。

今天什么日子啊,一连三个村干部给咱来电话。咦,他们怎么知道我的电话?这个号码可是我刚换的,只有妈妈知道。难道他们都去我家了?

阿六连忙打电话回家里。妈妈说,昨天村支书、李主任、旺叔来家里要你的电话,说是有事找你。

一个月后,妈妈打电话给阿六,这一届村支书的候选人是老村长、李主任和旺叔,你说选谁好呢?

另类服务之签约院长

医院最近连续发生医疗事故，病人家属把医院闹得天翻地覆，要求赔偿，否则医院无法正常工作。

出于某种考虑，原院长被罢免，阿六副院长聘任为院长主持全面工作。

为了防止此类事件的重发，阿六院长找上级领导汇报工作，对如何理清医院和患者的责任大胆设想，并提出向发达国家出国考察学习的要求。领导沉默片刻后，认为可行，让阿六打报告上来。

没过多久，领导打电话来，说已联系好旅行社，行程为五天，旅行社只负责到该国的往来路费和住宿，其他自理。名额一个。

阿六下了飞机，出关卡时，整个团足足等了三个小时，导游不好意思地说，这个国家就是这样的。进入他们国家每人要签一百多份合约。可以走了！

走出机场，机场门口明显用中文写着：热烈欢迎光临我国！阿六纳闷，这个国家怎么写中文？导游解释，国内现在出国旅游热，他们国家看准市场，现在他们国家的服务行业，很多人都会说一口流利的中文。团里很多人松了一口气，看，我们国家强大了！人家学我们的语言了！这样就方便多了。阿六也暗自欣喜，可惜行程太短，才五天！

安排好住宿之后，导游说，接下来的事情，你们自由安排了！

大家欣喜若狂。有人问,有没有像澳门那样的赌场啊?想去赌一下!有人小声问,红灯区在哪里?

导游神秘地说,你们先去吃饭吧!回头再说!大家一阵喧闹后,陆续出去。

阿六约了另一个团友一起出去吃饭。看到一家写着中文的海鲜酒家,走过去,正准备进门。一服务员拦住,说,不好意思!请签一份合约!阿六俩奇怪地对看着,阿六拿过合约一看,大概是说,该酒家(乙方)是经过国家安全认证的免检酒家。甲方(此处空白)进入乙方后,如因为自然灾害或是不可抗力、恐怖事件、其他事件等而导致甲方人身损害,乙方一概不予赔偿!阿六俩笑了笑,说,这是第一次碰到这种事情!问团友,签不签?团友说,没那么巧吧?无所谓!签吧!两人提笔龙飞凤舞签上大名。

咨客带两人来到一桌子旁,阿六刚要坐下,咨客急忙扶住阿六说,等等,请签一份合约!阿六一看,大概是说,乙方(生产厂家)所制造的凳子是国家免检安全产品,如因甲方(此处空白)因为体重超重,或坐姿不妥,或坐下时力度太大,或其他不明因素导致凳子受损,而导致甲方人身损害,乙方一概不予赔偿。阿六摸摸凳子,觉得挺结实的。凳子面上印着:小心轻放!阿六问,如果不签呢?咨客说,那就站着吃。阿六环周一看,还真有人站着。阿六说,那我们可否先试坐一下。咨客说,没问题,但不能超过二十秒。阿六轻轻坐下,挺舒服的。屁股暗暗往下用力,没问题,结实!说,签吧!俩人又大笔一挥,签上大名。

过了一会,服务员上来碗筷。阿六想去拿,又缩了回去,因为,他看到服务员正递了一份合约上来。阿六想发作,这饭可怎么吃啊?要是在国内早就掀桌子了,但为了顾及国家形象,泱泱大国,礼仪之邦啊!忍了!看了一下内容,签吧!

团友生气地说，走，过第二家！太受气了！服务员笑笑说，请别生气！第二家也是这样，你们还要从头开始。用你们的话说，入乡随俗吧。

点菜了。阿六每点一菜，都要签一份合同，内容大体相同，无非是这道菜是没问题的，如果吃后出现如头晕、拉肚子、过敏、鱼刺刺到、食物噎到等问题，该酒家一概不予赔偿。阿六二人肚子咕咕叫，从进来到现在已经两个多小时，茶还没喝上一口。

点完菜。团友说，下飞机后还没一丁点东西进肚子呢，阿六叹了口气，活受罪啊！话还没说完，服务员又拿出一份合约，阿六随手拿来就签，也不理会什么内容了。服务员生气地说，这是我们酒家对你负责任！你这人怎么这样呢？你这是不负责任的行为！你应该看清楚什么内容，才能签。这份不行，再给你一份，这是一份总合约，如果因为你吃饭过量而导致胃下垂、血糖过高、行动缓慢从而出现晕倒或摔倒等人为因素，我们酒家是一概不负责任的。阿六只好装模作样地掠过一眼，签上。团友气愤地猛地站起来，因为肚子太饿的缘故，或是站起来太快的缘故，一阵头晕，站立不稳，晃了一下，摔倒在地下。

服务员对着阿六呵呵笑说，你看，要不是我们签了合约，这个责任就是我们的了！

阿六回国后如法炮制，在医院建立签约制度，成了远近闻名的"签约院长"。

一份调查问卷

吃过晚饭,我煲了水,正准备泡茶,突然门铃响了,"叮咚",我纳闷,今晚没约人,谁啊?打开门,社区的李主任和小王?李主任一见我,堆起笑脸说,哎呀,陈作家啊,来了几个晚上,终于找到你了。我疑惑,这几个晚上我一直在家,什么事啊?正想开口问,李主任又说,其实也没什么大事,就是那份全市社区公共文明指数测评调查问卷,不知你填好了吗?哦,是这样,我说,填好了,我这就拿给你。你先进来坐一下。李主任说,不用不用,还忙着呢。

我走进书房,把问卷拿了出来。李主任接过问卷,看了看,说,哎,水开了!泡茶啊,久闻陈作家家里有好茶,怎么不请我们喝一杯啊?我尴尬地说,哪里哪里。坐坐。李主任和小王坐下,我泡起茶来。

李主任喝了一口,说,真是好茶!我不好意思地说,主任客气了!主任说,这次全市社区公共文明指数测评调查,把我们忙坏了,连喝茶的时间都没有了,难得在你这里喝一杯。说着瞟了一眼问卷,我说,是啊,这对整体提高社区文明水平有一定的帮助,最近社区干净多了。李主任马上插着我的话说,这都是全体社区人民努力的结果,也不是我一个人的,呵呵!李主任又喝了一口,就说这份问卷吧,大家都答得不错。说着顿了顿,看了看我的那份问卷。我的问卷有问题吗?我想,我这可是实事求是地按照我

们社区的现状答的，上次派问卷的人也是再三强调，当时李主任也一起来的，他也这么说的。

李主任拿起我的问卷，又看了看，说，答得很好，很好！我疑惑着，又会是什么问题？李主任说，譬如这个社区养狗的问题嘛，已经基本解决了。我一听养狗，就来火，这些养狗的人啊，太不像话了！天天遛狗，草地上都是臭狗屎！李主任赶紧说，这个问题已经落实了。你放心，你不会再见到草地上有狗屎了！这个我保证！最近你有看见吗？我想了想，确实最近没有这个现象。前些天还看见一些工人在打扫草地。我说，是是。李主任呵呵笑说，你看，这个答案是否可以改一改了？我说，这个现象既然没有，那是可以改了。李主任说，谢谢！社区的建设也是靠大家啊！这点需要你多多理解我们工作的难处。我说，那是那是。我给他们加了茶。

李主任用食指和中指敲了敲表示感谢，敲完用食指指着问卷说，这个公共汽车上车排队的问题嘛，近来也大为改善了，我跟公共汽车公司联系了，让他们加派班车，我们这个社区上班一族的人多，不比其他社区小车多，哎，我是热脸贴人家的冷屁股啊，磨了好几次人家才答应的啊。我不好意思地说，主任辛苦了！这个答案我也改一改。说实在的，最近上车确实没有以前那样需要冲锋陷阵了，车子也多了些。

还有这个吐痰现象，李主任说。我一听这个吐痰，我生气地说，这个没有改善。今天下班的时候，路过一个档口，差点给人吐到身上！李主任也生气地说，太不像话！太不像话！大家都在为社区做贡献，他却在搞破坏！哪一家？你告诉我，我要去罚他们的款！看着主任一腔怒火的样子，我赶紧说，其实也没吐到。如果让他知道我告的状，每天我都从那里进进出出，人家还不报复我啊？算了算了。主任怒气未消，说，那是什么人!？我说，哎，就是

一路人。主任说,也是。没必要跟他一般见识。毕竟我们社区高素质的人是占大部分的,譬如像陈作家你就是高素质中的高素质人才!你就不会随地吐痰嘛!我谦虚地说,也不是也不是。主任说,难道陈作家也曾随地吐痰过?我脸一红,素质也不是一天高起来的,这也有过程的。主任说,连陈作家这么高素质的人也吐过痰,其他人就更不用说了。陈作家,家丑不可外扬啊!我听着这几句话,感到一阵冷气袭人,这事情如果让我的那些读者听到,那会是什么效果呢?我赶紧主动说,不跟他们计较,那极小部分的人,不会影响我们这个高素质的社区的,忽略不计。这个答案我也改过来。李主任赶紧站起来,谢谢!谢谢配合!跟高素质的作家谈话就是不一样!

我都不好意思了,把问卷涂改了一遍,我说,还有空白的问卷吗?我再填一份吧。主任转身对小王说,还不赶紧给陈作家一份。小王从包里拿出一份给我。小王说,签个名就行。我一看,答案全填好了。

特殊收藏家

大勇说，如果没有我，他就没有今天。一家媒体的记者还为这事采访我求证，我说，那是大勇的酒后之言，你也信？

直到大勇出事了，我也因此给公安局叫去询问，身边的人更加相信大勇的那句话，所以更多的人再向我求证。

大勇是我的邻居，也是我小时的玩伴。有一阵子，小朋友们流行玩烟盒，就是赌烟盒。我们把烟盒折叠成三角形或者正方块，玩的方式很多，用扑克赌大小，或者把正方块放在手背上，弹出去，看谁弹得远，远的赢，近的输。输的一方当然把烟盒给对方。大家一玩起来，街边巷角的烟盒都不见了，于是，我带着大勇大街小巷地找，什么"丰收""大前门""大重九"，要是能找到带过滤嘴的"人参"，那可是一当两。

我的运气比较差，刚收集到几个，跟人家一赌就输，又得再找。但有一次例外，我竟然赢了很多，我宝贝似的把它放到枕头边，上学也带着，没事就拿出来看看。后来我想，全国不知道有多少种不同的烟盒，于是，我把其他的烟盒跟人家交换。大勇也学我，我给了一些他。再后来，我又收集火花收集邮票，大勇也跟着，有时还互相交换。大勇家有香港亲戚，偶尔他送给我一张香港的"女皇"头像邮票。上大学后，我又喜欢上收集门票，当然我把这事也告诉阿勇，大勇那时已经考不上大学学做小生意了。直到参加工作，同事们如果出差，都会把各地的门票带回来给我。

大勇那时经常做外地生意,外地朋友多,经常带门票给他,收集的门票比我还多。我经常向他要一些。

有一次,老总把我叫到办公室,倒了杯茶给我,看着老总一反常态,我有些焦虑,回想自己哪里做错了。老总点了支烟,吐了两口,笑着说,听说你收集门票啊?我松了一口气,点头说,是是。接着我又紧张起来,不知道这个是否影响工作了?我正等着挨批。老总说,你能不能搞到下个月初的杭州风景门票?我听得有些迷糊,我收集的门票都是以前的,哪能收集到下个月的?我不知道怎么回答。但为了讨好老总,我硬着头皮说,我试一试吧。老总笑笑说,那谢谢你了!门票日期就下月三到九号的。还大力拍拍我的肩膀。

我走出老总办公室的时候,一头雾水。下个月有谁去杭州那边呢?身边的朋友亲戚,全部过滤一遍。没有。我打了电话给大勇,我说,你有没有朋友去杭州啊?给我弄几张门票。大勇说,你不是都有了吗?我说,不是以前的,是下个月初的。接着,我把事情说了一遍。大勇听了哈哈大笑,你真是木头啊!既然是讨好老总,我就帮你的忙吧!我赶紧说了几声谢谢!总算可以交差了。

接下来,老总交给我的事情更多了。经常要我帮他搞到一些"未来门票",我轻车熟路直接找大勇。但我心里一直不明白,老总要这些门票干什么呢?门票又没在公司里报销。有一次,我小心地问老总,老总说,哎,就是我老婆要。突然,老总转身对我说,这个事情对谁也别说啊。我明白地点点头。但对门票一事还是不明白。

这个谜还是让我解开了。那是在"未来门票"的时间,我跟几个外地朋友去泡温泉,我远远地看见老总肥嘟嘟的身边靠着一个靓女。那些门票可是不在场"证据"啊!

我回来后跟大勇说了这事。大勇听了不出声,过了一会儿,他说,这是好事!我问,什么好事?大勇地神秘说,这你不懂,你就好好搞你的技术吧。

过了一个月,阿勇开了一家"收藏家"店,专门收购和销售邮票、粮票、布票等。我还专门请假过去凑热闹。第二天,我的手机收到阿勇"收藏家"的短信:本店专门回收销售全国各地旅游门票等业务,欢迎诸位光临!垂询电话xxxxxxx。这是一个群发的垃圾商业信息。我摇摇头,发了一个短消息给大勇,收到你的垃圾信息。

或许大勇的垃圾信息起了作用,后来我老总不再找我了。到大勇那一问,果然客户有他。大勇又不间断地重复他那条垃圾信息。大勇没几年就发达了。我就是想不明白,这也能发达?我问大勇,这个也能赚钱?大勇笑眯眯地不回答。

但大勇出事了,大勇出事后我才知道,大勇的客户都是老总们,大勇还利用业务的原因抓住了那些老总的把柄。大勇的赚钱之道在把柄上。大勇出事的原因,也在这些把柄上。

特别书画廊

接到大勇的电话,我惊讶得很,这么快就出来了?大勇说,我出来了,你不高兴啊?我急忙说,不是不是,今晚我给你洗尘。大勇哈哈大笑,不用,大家今晚在源记餐厅聚一聚,六点半,准时啊。

大勇谈笑生风,一点不像刚出来的样子。我问,在里面没给打吧?大勇呵呵笑,港产片看多了吧?现在是文明社会、经济社会。你这个书呆子!

再次接到大勇的电话,我更诧异,他竟然说,要开一个书画廊。我说,你懂行吗?你的书法水平还不如我呢,好歹我还在市里得过奖。大勇说,有县长专业吗?有市长专业吗?还不是有县长市长。我说,准备开在哪里?大勇答,地方选好了,连名字都取好了,叫大勇书画廊。我说,你的名字?你刚出来,人家会不会避讳啊?大勇说,那是无形资产啊!回炉的铁才能炼成好钢!开张时过来凑凑热闹。

大勇书画廊开张的时候,我刚好出差,第二天晚上才回来,打开电视,碰上市里的电视台在报道,大勇书画廊是我市最高档次、最高级别的书画廊。那场面,那阵势,彩旗招展,锣鼓喧天。省书协美协、市领导,还有一位著名的书画鉴赏家都来捧场。大勇系着红领带,西装革履,红光满面,笑容可掬。我马上打电话祝贺,大勇乐呵呵,没关系,明天过来指导指导!我说,岂敢!真厉害

啊！请了那么多位书画界的前辈高人！大勇说,沙沙碎啦！

第二天中午抽空光临了大勇书画廊。廊里挂满了那些著名书画家的作品,山水花鸟,真草隶行皆有。我竖起大拇指说,You have two down son!(你有两下子)大勇微微笑,挑一副回去吧。我说,不敢不敢,一幅可是我的几年工资啊！

大勇的办公室装修得堂皇靓丽,墙上挂满大勇跟领导和书画家的合照。照片底下皆配有文字,与某某领导亲切会见,与某某书画家亲切会谈。那表情、那亲密,好像多年的老朋友。大勇介绍说,已经跟几十位著名书画家签订合约了。我啧啧称赞,一个字,高！两个字,很高！三个字,非常高！

坐在那大树头根雕旁喝茶时,大勇说,我这里还有一个特别的销售法。我问,如何特别？大勇答,我这里销售的书画,无论何时,皆可原价回收。只收一点手续费。我不解,这样可行吗？大勇爽快答,绝对没问题！

大勇说到做到。那天刚好市电视台到书画廊做采访,一位老人家抬着一幅山水画,说要退钱。我想,真会挑时间！大勇二话不说,吩咐员工退钱。这画面刚好给电视台拍到,做了报道。紧接着,报纸也做了报道,大力宣扬大勇书画廊的这种做法。我马上给大勇电话,坏事变好事！大勇说,什么坏事好事？这些都是安排好的广告宣传。我一时无语。

有一次,有人要买王羲之的《兰亭序》,这幅字我临摹了无数次,太熟悉不过了。大勇问那人,五十万可以吗？那人说,就五十万吧。大勇开了一张收据,那人拿起急匆匆走了。我说,狮子开大口啊？又是临摹的。大勇说,你不懂。唉,这年头,什么事都有！

大勇书画廊的名气越来越大,家庭装修挂字画的,首先到他那看看,不怕贵,家里挂久了,看厌了,可以到他那换一幅,只要给点手续费就行。办公楼酒店宾馆，更是座上宾。也有真正收藏的，买来投资升值。如若需要，还可预约书画家当场挥毫，当场画写，那可是假不了的。还有，如需某领导的题字，大勇也有办法弄到。大勇的能力真是让我猜不透摸不着，望"勇"兴叹。我后悔当年没有持之以恒，没有练好书法，否则，也不至于这辛苦命，一个月工资抵不上人家一餐饭。

有一天，报纸上报道某领导出事了，没收了他家里收藏的许多古董字画，但经专家鉴定，这字画当中多数为赝品，根本不值钱。还配了图片。图片中的一幅字引起我的注意，那就是《兰亭序》，那幅值五十万元的《兰亭序》。后来，有人爆料，那些字画大多出自大勇书画廊，大勇因此又再次接受公安机关的询问。所幸的是，大勇没有牵涉其中。大勇书画廊如常开张，生意照旧。

隔了数月，有人拿了一幅《兰亭序》到大勇书画廊退钱。大勇说，你不是喜欢《兰亭序》吗？给你吧。我说，我没五十万。大勇说，已经值不了几个钱了。

特别听证会

用电提价听证会正在激烈地进行着,争论不休。

参会代表提出:请电力企业提交企业的运营成本、税后利润数据,作为提价的依据。

电力企业代表辩解:这是商业机密,请原谅不能对外公开!

参会代表提出:请电力企业千万别忘记,电力企业是国有的垄断企业,具备商业性的同时,还具备社会的公益性。

电力企业代表辩解:请大家也千万别忘记,电力企业到底还是企业,如果企业没利润,亏本倒闭关门了,何来公益性可谈?

听证会整整开了三天三夜,没有结果,最后,大家一致认为,提交给上级有关部门处理。

在大家的极大关注下,有关部门终于开口了,按照既定提价方案执行。

此结果一出,社会上质疑声、谩骂声、唏嘘声连成一片,就像当时汽油破八的情景。有关部门马上召集记者开新闻发布会,发言人声称,此次的提价也在意料之中,我们的地球能源正在慢慢枯竭,能源提价势在必行!再者,此次提价,不是纯粹的提价,而是要给那些能源浪费者一个警告,一个严重的警告!节能低碳环保是当今世界的主流,也是与国际接轨的行为。谢谢!

此话一出,马上引起社会上广大群众的高度重视,乃至做出迅速反应,犹如股灾前的恐慌,这些人回家后马上把所有大负荷的电器,譬如空调机、冰箱、电饭煲全部低价处理,把家里的窗户改大,引进自然风;照明灯全部换成小功率的;餐台搬至阳台,这样晚餐时尽可能避免开灯。

一时间,社会的用电量大幅下降。电力企业因为用电量的减少而产生大量电力的损耗,运营成本严重上升,利润严重下降。

这时,有关部门又再次召集记者开新闻发布会,发言人声称,极少部分的人误读误解了这次用电提价的良苦用心。电力企业是国有企业,是国家的企业,国家的主人是谁呢?是人民!是我们广大的人民群众。如果电力企业没利润了,亏本了,那就是国家亏本了,也是我们这些国家的主人亏本了,说到底,也是我们广大的人民群众自己亏本了!

此话一出,马上引起社会上广大群众的高度重视,乃至做出迅速反应,是啊!我们怎么可以让自己亏本呢?于是,电器商场人头涌动,排起长龙,争先恐后购买大功率的电器,虽然自己多用电多花钱,但其实,我们并没有吃亏,电力企业多赚钱也是我们这些主人多赚钱啊,电力企业只不过是帮我们赚钱而已,我们的那些钱就像从左口袋放进右口袋。有些人提出,上次的提价幅度太少了,要求再次开用电提价听证会!有些人提出,鄙视少用电的人!用电越多,我们赚得越多!

煤气企业迅速向有关部门也提出,要求开用气提价听证会!因为,煤气企业也是国有企业,是国家的企业,国家的主人是谁呢?是人民!是我们广大的人民群众。如果煤气企业没利润了,亏本了,那就是国家亏本了,也是我们这些国家的主人亏本了,说到底,也是我们广大的人民群众自己亏本了!

自来水公司向有关部门也提出,要求开用水提价听证会!因为,自来水企业也是国有企业,是国家的企业,国家的主人是谁

呢？是人民！是我们广大的人民群众。如果自来水企业没利润了，亏本了，那就是国家亏本了，也是我们这些国家的主人亏本了，说到底，也是我们广大的人民群众自己亏本了！

紧接着，粮油企业也向有关部门提出开提价听证会，现在水电气全面提价，我们的运作成本严重加大！我们粮油企业不提价倒没什么，主要是提高农民兄弟的粮油收购价，农民兄弟的运作成本更大，如果再不提价，农民兄弟将放弃拖拉机等机械化设施，改用原始的牛，不，甚至用人犁地！

后来，社会上的所有企业都向有关部门提出开提价听证会，所有提价的原因，都不是为企业而提价，而是因为，如果他们再不提价的话，他们的员工再也用不起，穿不起，吃不起了，住不起，病不起！

最后，殡仪馆也向有关部门提出开听证会，殡仪馆的发言人振振有词，殡仪馆的运营成本在不断加大，价格若干年来不变。可是，我们的工作量正在日益增加，我们的单位正面临亏本破产，我们的职工正面临下岗，因此，我们强烈要求开提价听证会。

有关部门批复，殡仪馆的听证会，可参考电力部门的阶梯性方案实行。

报　喜

　　小李啊,这几天我家里有事,如果有人来找我,就让他过几天再来。什么事啊?我就知道你这人话多,你嫂子昨晚生了个大胖小子!呵呵,谢谢!哦,你可不要告诉人家啊,你这人啊,就是话多,好了好了,我要给我儿子喂奶了。

　　喂,小张啊,祝贺我?呵呵,谢谢!你怎么知道啊?小李。我就知道他这毛病。什么时候可以过来看我儿子?不要过来,一定要来看?那,那就等三天后回家再说吧,但我可说好了,可不要搞得那么俗气,送红包什么的。好好,就这样,儿子哭了。

　　喂,老王啊。谢谢!你的消息可真灵通啊!我正想给你打电话呢?就是上次听你说的,你给你儿子吃什么牌子的奶粉啊,看你把儿子养得白白胖胖的。进口的?这样吧,你帮我买一些过来,钱我来付。不行不行,怎么能让你破费呢?

　　张姐啊,向你请教一个问题!呵呵,谢谢!你已经在商场买好纸尿裤啦?还是你过来人内行啊,正想向你请教这个问题呢?用小号的,哦。吃什么奶粉?我让老王帮我买,我也不知道什么牌子,说是进口的。

　　喂,老杜。谢谢!用什么奶嘴?我不知道啊,你帮我买就行了?好好,记得拿小票回来给我报销啊。奶粉也买了?按照老王说的牌子买的?老王这人也真是的。纸尿裤按照张姐说的牌子,都用最好的?张姐这人也真是的。

小钱？我在哪个房间？你怎么到医院来了？不是说叫你们不要到医院来吗？都回去都回去！注意影响。已经来了也不能来！让人看到多不好啊，把那些买的奶粉纸尿裤先带回去，不准带到医院来。叫其他几个人也都回去，要看看宝宝？过两三天你嫂子就要回去了，要看的话，到家里来。

李局啊，向你报个喜！我昨晚生了个大胖小子！我还要谢谢你啊！以前那个女人，几年了连蛋都不生一个！我一离婚，你就把我官升一级，还把老婆介绍给我，不不，把我老婆介绍给我，你看我高兴得语无伦次，要不我哪能生个儿子啊？结婚的时候，你还说我必定早生贵子，这不承你贵言！？结婚才几个月就生了！呵呵，改天带上孩子向你道谢！

老领导，向你报个喜！我昨晚生了个大胖小子！谢谢！老领导，有一事要向你汇报，我那小子一生出来，我就找人给算了算，说是要找一个属虎的大人物当干爹，我就首先想到你了。你的干儿子太多了？老领导，当年要不是你慧眼，我能有今天吗？我就是要让我的儿子服侍你老人家！要不这样，给你当干孙子！还不行？你比我大几岁这不是理由！你就不要推辞了！我的老领导啊！

猪肉强

阿强卖猪肉的第一天就有了猪肉强的外号。

阿强是我家亲戚。他妈说,我还没上学,他已经上学了,我工作了,他还在上学,读的什么书啊?还天天捧着书呢!确实,阿强走路也看书,上厕所也看书,眼镜片厚厚的一层,近视五百多度了。

说阿强读书不用功那是冤枉他。他高三回读那年,我有幸赶上跟他同级。他读书还是很刻苦的,不像有些人手里捧着言情小说或者武侠小说,他手里捧着的可是地地道道的复习资料。可就是不知道怎么回事,每年高考总考不上,有意思的是,每年的高考成绩递增三分,成等差数列了。阿强的爸爸恼火得很,说,这个速度,胡子白了才考上啊,又不是考状元。还不如跟我卖猪肉去!

在父母兄姐的猛烈攻势下,阿强终于妥协了,答应去卖猪肉。但有一个条件,就是他边卖猪肉边复习,允许他最后一次参加高考。他妈说,这样也能考上,把我当猪卖了!

阿强的父亲在我家附近的肉菜市场租了一个档口。阿强开张的第三天,刚好碰上我回家探亲。邻居家生了一个男孩,按照我们当地的风俗,我们要送一斤五花肉过去。我闲着没事,母亲叫我去市场买。

理所当然,我帮衬阿强。阿强的档口门前冷落,我走过去的时候,阿强手里正捧着一本英语,我说,给外国人卖猪肉啊?How

much？阿强腼腆地说，回来啦。我笑笑答，是啊，猪肉强！猪肉强的家当全是新的，新的屠刀、新的砧板、新的秤子。特别是，瘦高瘦高的身子，配着一副高度近视眼镜，成了肉菜市场的一道风景。我说，来一斤五花肉。阿强操起刀就切，秤子钩一扎，一称，八两。他又拿起刀切一块，一称，一斤二两，他把小块的又切了一下，一斤一两，又切一下，一斤多一点。阿强勉强地笑了笑，就一斤吧。用一条泡过水的稻草一捆，交给我。我交了钱回家。

我妈看着我提回来的猪肉，惊讶地说，你这是跟谁买的，怎么切成这样啊？怎么好意思送人家啊？原来，我们当地的风俗，送给生小孩人家的猪肉是要一刀切的。我说是跟猪肉强买的，妈说，哎，算了，就留着自己吃吧。你再去买一斤，记住，不要再找他买了。

第二年高考，他妈不用当猪卖，猪肉强继续卖猪肉。

第二次见猪肉强，是在四年后，也是我回家探亲，碰巧也是要给生小孩的亲戚买猪肉。当我来到肉菜市场的时候，猪肉强的档口前围着几个妇女，我站在边上看，有个妇女指着猪大腿说，给我来个后腿。猪肉强笑笑说，是要大腿边上的，还是大腿啊？那个妇女红着脸说，死猪肉强！旁边的妇女说，猪肉强，把你大腿中间那个给他吧。哄的一声，大家笑了起来。我仔细打量猪肉强，眼镜还是那副眼镜，可不再瘦高了，身子骨硬朗得很，脸上泛着红光，似乎有一层油。打发几个妇女之后，猪肉强才注意到旁边的我。猪肉强咧着嘴大笑，又来 How much 啊？我说，一斤五花肉，是送给人家生小孩的。猪肉强说，没问题。手起刀落，一块五花肉，用绳子一捆，说，拿去吧！我说，称一下。他说，不用了，就一斤。我说，我不信，你再称一称。猪肉强说，你不信？拿起秤子，钩住猪肉，一称，说，不多不少，一斤。我拱手说，庖丁解牛啊！你的书呢？

猪肉强从钱篮子里一掏,在手里晃了晃,金庸屠龙,我屠猪!我没带散钱,拿钱给他找,他说,不用了,送给你的,难得大学生关照一次。我给他钱,他硬是不要,我扔下钱就走。猪肉强还在后面大叫着,把钱拿回去!

回到家,我大吹特吹猪肉强的切肉神技,还有不收我钱的事。母亲听完笑着说,猪肉强一家四口全靠那个档口维持生计,不收你的钱?所谓吃熟不吃生,傻小子,你上当了!

我哑然失笑。

同学老余

老余是我高中的同班同学,大学毕业时,他父亲托关系在老家找了一家合资企业,老余因为要跟大学女朋友在一起,放弃了,俩人一起分配在内地的一家国有企业。这种"为爱情故"的行为,在我们同学中成为一时佳话。

我可羡慕极了,我没有一个会托关系的父亲,学的又是"万金油"专业会计,大学毕业后四处漂泊,终于在惠州找到一个落脚地,当上一个财务经理。

在一个产品展销会上,我看到一个熟悉的身影,老余!二十多年过去了,他还是那么瘦,还是那副眼镜。他正在讲解产品。我过去叫了一声,老余。老余停下来,看了我一会儿,才叫出一声,是老陈吗?我说,正是。他指指别人,说,你等一下,我马上讲完。接着,他继续讲解。我就纳闷了,老余这是怎么啦,这么多年没见,不冷不热的?他怎么到这里来了?我怎么不知道呢?趁着空隙,我打电话给其他同学,同学说,不知道。大学毕业后他就没回过老家。

我坐在旁边等了二十分钟,也听老余讲解,讲得不错。讲完了还有人提问。老余答得不慌不忙。老余下来后,我竖起大拇指,说,讲得真好,答得好!老余拿了一支矿泉水,递给我。把嘴凑到我耳边,轻声说,这些提问都是安排的,我早背熟了。说完一笑,我拍拍老余肩膀,厉害厉害!还没聊几句,有客户过来找他,他说对不起。我留下电话，约好晚上吃消夜。

吃消夜的时候，老余说，原来的单位给兼并了，自己得罪了领导，下岗了。好在混了一个机械工程师，去年通过同学介绍，来到这个城市。我说，你来了怎么不联系我？老余猛喝两杯啤酒，喘了一口气，说，哎，无脸见江东父老啊！我连家都不敢回！我说，你的爱情呢？老余摆摆手，她也下岗了。在内地带孩子。我问，那嫂子怎么不过来啊？老余说，我还没立住脚，这边消费高啊！

有一次，我路过老余的出租屋，来个突然袭击，我敲了两声门，里面传来一声，谁啊？我捏着鼻子说，查暂住证！开门！突然里面没声了，我再敲，里面没反应。我又捏着鼻子说，再不开我撞门啦！还是没有反应。我只好恢复原声，大叫一声，老余，是我。过了一阵，门开了一条缝，我把门一推，差点碰到他。他似乎惊魂未定，盯着我，严肃地说，你怎么开这种玩笑啊？吓得我直哆嗦！我看着他那滑稽的样子，哈哈大笑，这里早就不查啦！他将信将疑，托了托镜架，说，真的？我环视了下房子，看见桌子上放着五十块钱，说，钱太多没地方放啊？老余不好意思地说，正准备出去呢。听说小偷进来偷不到会砸东西的。我听了大笑起来，就你这些家当，小偷还要给你钱呢！老余难为情地说，从杂志上看来的。

实地看了老余这样的状况，我决定通过托关系，让老余把他的"爱情"和"爱情果实"带来了。老余紧握我的手说，太感谢啦，恩人啊！

过了几年，老余的经济状况逐渐好转。有一天，老余来找我，拿出一张图纸说，你看看，这个户型怎么样，两居室，两阳台，才八十多平方米，价格不贵，就是偏了点。我悄悄问，怎么，想买啊？老余支支吾吾地说，看看嘛。我看了看，说，这套是向北的，有没有向南的。老余说，有，就是贵点。我说，如果要买，就买向南的。

差多少，我支持一点嘛。老余高兴地说，那真是太好。我说，别急。下定金了吗？老余说，没有，这不征求你意见吗？有熟人打折吗？我说，你这是无事不登三宝殿啊！老余微微笑，这不证明你神通广大吗！

老余终于把房子买下了，夫妻俩月供。接着又张罗起装修来，这下可苦了我，整天拉着我到装饰材料市场转悠，什么地砖墙砖、卫生间洁具、橱柜，都要我参考，还要我找人打折，折腾得我比自己装修还累。有时，还要我上他的新家去"监理"一下。有次我去到他那里，他从怀里掏出一张设计图，他说，这是我衣柜的设计图，你看看，还有，你看这个保险柜的位置够不够大？我问，还设计保险柜？他神秘地说，要的，这里这么偏僻。

还真给老余说中了，他家真给偷了。那天中午我正在吃饭，他打电话来，快，快到派出所来，我家给偷了！我放下碗筷，匆匆开车赶到派出所，两个小偷正在做笔录。小偷说，我们进去后，直奔主人房，打开衣柜，看到保险柜，以为碰到大笨蛋了，赶紧把保险柜抬出来，撬了一个小时，刚一打开，就给你们逮住了。我问老余，损失了什么吗？老余高兴地说，还好，没有。我说，还好保险柜刚打开就逮住了。老余神秘一笑，说，呵呵，他们上当了，上当了！我奇怪地问，怎么上当了？老余捂着手，凑近我耳边说，其实，保险柜里，我什么也没放。吸引注意力罢了。

同事老张

老张昨晚又来电话,问我是否愿意到他的公司帮他,我说,我再考虑考虑。他生气地说,还考虑什么呢?快点过来吧!我说,这样吧,明晚答复你。老张说,好的。说完又说,你等一下。我知道,他又叫他的儿子过来喊一声恩公。

老张比我先到单位报到三天,单位安排我跟他住在同一宿舍,我到宿舍一看,一阵心酸,这就是宿舍?空荡荡的,只有两张铁架床、两张床头柜、两张办公桌。离我想象中的实在太远了。老张说,这原来是仓库的一个杂物间,我报到那天才收拾好的,你看,墙刚刷的,还没干透呢,自来水也是今天刚做好的。我眼眶一红,老张说,来,打桶水,先把床抹一下。老张热情地拿出自己的水桶帮我打水。我搞好卫生,铺好床。老张说,我带你去买生活用品。

我们一起到饭堂吃过晚饭,老张带我到单位周围走了一趟。我非常感激老张,我只身来到这个陌生的城市,碰到他这么热情。回来后,老张坐在办公桌前,拿出一本工作手册,又找出一本书,学习起来。我纳闷,这跟大学有区别吗?

老张天天晚上如此,我毕业的时候,早把那些书本扔掉了。他说,白天碰到不明白的就记在工作手册上,晚上回来查一查。我刚开始还跟着他学了一阵子,但几个晚上后,再也按捺不住,我出去找校友和老乡。值得高兴的是,有一次我和老张在学习,

碰到领导值班过来看望,还把我们表扬一通。

有一天,没见老张下班,晚上也没见他回来,我不敢反锁,第二天下班才见到他。我担心地问,到哪去了?老张笑笑说,昨天跟销售科长出差去了。我继续问,你可是技术科的啊。老张说,说不定哪天还叫上你设备科的呢。

到了晚上,老张拿出一支五加皮白酒和一包花生出来,说,兄弟,喝两杯!我说,你不是不喝酒的吗?老张神秘地说,我要学会喝酒!说着,从口袋里掏出一包烟,晃了晃,还要这个。我吓了一跳,一晚不见,刮目相看啊!这天晚上,老张和我互相吹捧加鼓励,硬是把整瓶酒干完,把整包烟抽完,地面全是花生壳和烟头,两人吐了两三通,好在第二天不用上班,我难受极了,头疼得很,胃不舒服。第二次老张叫我,我死活不干,他一个人把整瓶酒喝完,吐得满地都是。我又是打扫卫生,又是煲开水给他喝,折腾得比一起喝酒还辛苦。

老张出差的机会越来越多,同时,喝酒越来越厉害。三个月后,老张调到销售科。那天庆贺,老张足足喝了一斤白酒,不醉!酒后,老张透露,说他现在有点彷徨。我安慰他说,如果销售不好,还是回技术吧。老张摇摇头说,不是这个事。我突然想起,每次我到车间的时候,总看见老张跟一个叫小朱的女工在一起,我说,是不是小朱的事啊?老张点点头。这天,老张没再说下去,我也没多问。但以后,老张回宿舍的时间越来越少,他偶尔回来就要拉着我一起出去吃消夜喝酒。我好几次想问问他跟小朱的事,但话到嘴边又咽回去了。

半年后,老张兴冲冲地告诉我,他要结婚了。我说,恭喜恭喜!老张结婚了,新娘不是小朱,新娘是副厂长的女儿贺小美。

老张一路顺风,从业务到主管、到副科、到销售科长,还生了一个女儿。我却是原步踏地,几年里没什么变化,唯一有变化的就是娶了一个老婆。老婆妊娠反应厉害,吃了便吐,吐得连走路的力气都没有,躺在床上休息,我只好包揽了家里所有的家务活,偏偏此时,单位的事又多,折腾得我只想睡觉。老张的老婆什么反应都没有,生孩子有丈母娘照顾,我夫妻俩都是离家千里的,只能自己内部消化。

有一天,老张经过我办公室,跟我打招呼,我正在打盹,瞄了一下他,他走过来,递给我一支烟,我不抽,他硬塞给我。他说,你看起来瘦了很多,无精打采的。我说,当然没有张科精神啦!老张说,别涮我了。怎么回事?我故作神秘地说,同步反应。老张说,什么同步反应?我说,哎,你真不明白啊?老张疑惑地说,不明白。我悄悄地说,我老婆有了。怀孕的妇女不是也老觉得困吗?老张拱起手说,恭喜恭喜!然后,老张说,奇怪啊,生我女儿时,我怎么没有啊?我笑笑说,书上就是这么说的。老张再拱一次手说,记得请我啊。

老婆十月怀胎,生了个大胖儿子,老张来祝贺,还送了一个大红包。老张很疲惫的样子。我送老张出门的时候,老张把我拉到一边,小声地问,兄弟,同步反应什么意思?我故作惊讶,莫非你老婆又有了?你看我,同步反应,生儿子啊!老张紧张地说,没有。随便问问。

老张的事情终究包不住。老张很疲惫,老张每天两头跑,一头大一头小。小的是他的老乡,还怀孕了。后来老张说,他本来也不想的。家里要他生个儿子,老婆不愿也不敢再生。老张离了,跟他的老乡结婚,同时也辞职了。

老张这一走,我们十几年没联系,老张也没再回来过。直到前两个月,我接到一个陌生电话,是老张打来的,他问我到不到

他的公司去？我说，太突然了吧！接着，他叫他的儿子过来，叫恩公。我莫名其妙，怎么回事啊？老张在电话那头哈哈大笑，你的那个同步反应提醒了我。要不然，哪有这小子啊！我说，什么同步反应？老张说，你忘啦，你说，同步反应生儿子，书上说的。我一阵脸红。

接着，老张几天来一次电话，催我答复他，每次还要他的儿子特地喊一声恩公。每次喊得我脸红。今晚又来电了，我说，其实，根本没有同步反应。我胡说的。

同乡老钱

其实,老钱跟我只能算是半个同乡。

跟老钱认识,那是偶遇。那天,我在办公室加班,有人推开半边门,探着脑袋进来,我正打着字,抬起头问,你找谁啊?那人尴尬地说,请问,卫生间在哪里?我说,走廊直走,到底右拐。那人退出后,我听到一阵急促的脚步声。

过了一阵子,那人又进来了,我奇怪地看着他,问,有事吗?他掏出烟,金丝猴烟,递了一根给我,我一看,一阵亲切感,好久没有抽到老家的烟了。他又掏出火机,要帮我点烟,我赶紧说,不用不用。他说,谢谢你,真是不好意思!我说,不客气,人有三急嘛。他又说,听你口音,是陕西的吧?我说,是啊。他说,这么说,我们还是同乡呢。说这话的时候,用了陕西口音,但不地道。我吐着烟说,你说的不像。他说,是,我这是学的,我不是陕西的,我母亲是陕西的。我陕西话问,陕西哪里?他说,西安小寨。我说,呵呵,我也是小寨的。他说,我没去过小寨,我母亲小时候就离开了。我说,这么说,算是半个同乡吧。接着,他说,他叫钱多多。我从办公桌拿了一张名片给他。他接过去,看了看,说,原来是办公室陈主任!年轻有为啊!我请他到沙发坐坐,冲茶喝,两人聊了起来,聊得特投缘。我都忘记自己是来加班的了。

自从这次认识过后,老钱时不时打个电话过来,节日还发短信来祝福。这让我对这个同乡越发亲切。有一次,他打电话来,说

晚上想到我家坐坐。我想了想，说，不用了吧。他说，没什么，就是坐坐。我说，那明晚吧，今晚我跟局长要请客。

第二天晚上，有人来敲门，老婆开门，老婆一向很敏感，怕是来送礼的，问，你找谁？答，同乡陈主任。老婆没开门，说，你等一下。老婆到书房找我，问，你约了同乡？我想一下，是。我赶紧出来，果然是老钱！我开门，他提了一袋东西，我说，你怎么提东西来呢？老钱说，没什么，就是一些陕西土特产柿饼和大枣。我好久没吃到家乡的柿饼和大枣了，打开来，试了一下，不错。接着，我又抽起金丝猴，聊起天来。但我奇怪的是，我没告诉他家里的地址，他是怎么找来的？

有了第一次，接着，老钱有空就往我家里去。有天晚上，我们正聊着，突然，空调不制冷了。我走过去，按了几次按钮，只有风，没冷气出来。坏了。老钱说，明天我找个朋友过来修一下。我说，不用不用，这附近有修理店。老钱说，还是找朋友踏实些，说不定没坏呢，到时乱砍价怎么办？我觉得老钱说的有道理，就说，那就拜托你了。老钱说，我们之间还客气什么，明天帮你搞好。第二天刚好周六上午，空调师傅来了，我在家，看着师傅在窗台爬来爬去，我有点担心。过了一个小时，空调机一开，好了，吹冷风了。真是及时啊，这么炎热的天气。我问师傅，多少钱？师傅说，老板交代，不收钱。这怎么好意思呢？我打电话给老钱，老钱说，都是朋友，收什么钱呢？

自从这次维修空调过后，我发现老钱的能耐真大，朋友真多，无论大小事，只要一找他，他都有那方面的朋友帮忙处理，并且分毫不收。我有一次问他，你究竟是干什么行业的？他笑笑说，为人民服务的。

局长买了一套新房，找我过去。问我，你那套房子找什么公司装修的？我说，要不要帮你找找。我打电话给老钱，说我们局长家里装修的事。老钱一口答应帮忙。局长不放心，找了几家装修公司报价比较，但老钱的朋友比他们便宜一半，局长也就顺理成章地把装修交给老钱了。这次装修过后，局长经常提起老钱，说这人朋友多，够义气。我笑笑说，都是朋友嘛。

老钱的朋友到处有，上次我和局长到杭州出差，我随便问了一下老钱，老钱马上说，有，没问题。我让我朋友全程接待。这次我们在杭州的吃住玩，让老钱的朋友全包了，我要给钱，对方死活不肯。

有一天快要下班的时候，局长打电话找我，说我马上过他办公室，我急忙过去。局长说，怎么搞的，几个项目都有问题？现在连电话都打不通！我说，谁啊？局长生气地说，就是我那个同乡啊！我莫名其妙，哪个同乡？局长瞪了我一眼，钱多多！我奇怪起来，他怎么跟你同乡？局长说，哎，你这人，他母亲是我们重庆的，你说是不是同乡？马上帮我找到他！我欲言又止，马上回办公室联系钱多多。

当我坐在办公室的时候，突然觉得，那次跟钱多多的认识根本不是什么偶遇，心头掠过一丝寒意。

朋友老王

和老王认识是在候机室里,我也忘记了怎么跟老王打上招呼的。老王白衬衣红领带,一双光亮的皮鞋,一副金丝眼镜。他说,他是来西安谈项目的,顺便也玩了几天,参观了兵马俑华清池大雁塔等历史名胜。我也告诉他,我刚被委派到广东开发市场,第一次南下飞机就晚点了,看来道路是曲折的。他热情地说,以后有什么困难可以找他,还给了我一张名片。我一看,原来是实业公司的老总!王总,失敬失敬!王总客气地说,以后是朋友了,叫老王吧。我说,到了广州一定拜访你,再给你新的手机号码。

下了飞机,我还搭了一段老王的顺风车。以后的日子我忙于跑市场开发业务,也就忘记了老王这个朋友。直到有一次,我去拜访一个客户,在大厦的入口处碰到老王,老王热情地说,办公室就在八楼,到我那坐坐吧。

老王的办公室很气派,豪华装修,大班台背后的一排书柜,放满了企业管理、营销学、世界名著等,我不禁对老王另眼相看,说话也变得小心翼翼起来。

办公室里还摆着一套老树根雕的茶几,老王豪爽地说,那里坐下喝茶。老王熟练地操作着,加水烧水、放茶叶洗杯。老王说,这是工夫茶。你喝过吗?我说,听说过,没喝过。他说,那就试试吧。我不会品茶,但我感觉他这里的茶是好茶!喝起来很香、很滑口,喝完嘴里还甘甜甘甜的。后来他说是专门托人从福建安溪带回来的铁观音。

老王一直不让我走,整个下午就在他的办公室东拉西扯,老王很健谈,什么世界形势国内时事,清楚得很。我说,老王你真是渊博啊!老王说,在外做生意,不多了解点不行啊。我说,你应该算是一个儒商啊!说着,我望了望书柜,他笑笑说,是吗?

晚上,老王请我去吃日本寿司,说是尝尝外国的味道,喝着日本清酒,老王讲他的过去,说他小时候就很懂事,上学时品学兼优,后来家里经济条件不好,考上了大学没钱读,自己是家里的老大,只好外出打工。第一次打工是到东莞,那天又冷又黑,自己身上又没钱,空着肚子,蹲在人家的店前熬了一夜。后来凭着自己的毅力和辛勤,一步一步地创业,终于拼出了自己的一片天地。我听着有些感动,老王的故事跟很多电视上成功商人的经历是何等相似,我举起酒杯,说,小弟敬你!

接下来的日子里,老王时不时会来电话请我出去唱歌、吃消夜。我也回请他,但次数不多,老王每次都要抢着买单。老王总说,朋友贵在真诚。在异地他乡的我心头暖烘烘的。

有一天,我碰到一位新客户,在聊天时,他说起他的家乡,我猛然想起,他跟老王是老乡,让老王出面跟他拉拉关系,顺便多了解这个客户。于是,我说,今晚我介绍一个好朋友给你认识,是一位老总,也是你的老乡。客户问是谁,我说,见到再说吧,今晚我请客。

我打了电话给老王,老王爽快地答应了。

我们点好菜的时候,老王来了,客户一见,一脸惊讶,张口说,烂仔——,原来是你啊!我愣了一下,看看老王,老王的脸唰地红了一下,很快就笑呵呵地说,怎么是你啊?

这顿饭,大家吃得有些尴尬。老王后来借口先走了,他一走,客户就说,你怎么认识他的?我说,巧遇,朋友嘛。客户说,浪子回头金不换啊!几年不见他,没想到他还发了!

　　从那天晚上过后,老王再也没找我了。有时我给他电话,他总说没空。后来我调离广州,临走时打了好几次电话给他,他没接,也没打回给我。

吃早餐

每天早上七点半,阿六准时到小区对面的源记餐馆吃早餐,吃完就上班去。一碗肉丝汤粉,三块钱,有时也奖励一下自己,加一个荷包蛋一块钱。

这天,阿六一看,人挺多的,找个空位,刚刚坐下,老板说,阿六,还是肉丝汤粉吗?阿六答,是。说完坐着等待,突然,桌子对面的人说,阿六,吃早餐啊?阿六看了看,不认识,笑一笑,含糊应道,是啊,你也吃早餐。那人又说,怎么不认识我啦?阿六又笑一笑,没有作答。那人继续说,我是老王啊,上次在派出所的张所家里见过的,忘记了?阿六不认识什么张所,尴尬地说,哦,老王!你怎么来这里?老王高兴地用手指了指对面,刚转过来的,昨天刚开张。阿六顺势一看,花果山水果店。

汤粉上来了,阿六说,我先吃了。阿六正吃了一半,老王说,老板买单!老板走过来收钱,猪脚汤粉,五块。老王用手指了指自己和阿六,说,两个,跟阿六的一起算。阿六赶紧说,不用不用,我自己来。阿六掏出钱,两人争了起来。最后,老王胜利,帮阿六出了三块钱。阿六说,怎么好意思呢?老王说,有空到我店里坐坐。说完走了。阿六怪罪起老板来,你怎么能收他的钱呢?我跟他又不熟。老板说,就三块钱嘛,明天你回请他不就行了吗?阿六想想,有道理。明天我回请他。

第二天,阿六又到餐馆吃早餐,没有见到老王。吃完了,还不

见老王来,阿六故意在那里待了一会儿,看了看对面的水果店,还没开门,付了钱上班去了。

第三天,阿六一心想着要回请老王,慢吞吞地吃,眼睛还不时地望一下老王的水果店,没开门。阿六吃完了,又故意多待了一会儿,老王还没来,阿六只好付了钱。正当阿六准备走的时候。老王的店面"哗啦啦"地打开了,阿六摇摇头,自言自语,今天开早会,下次吧。

没有回请老王,阿六过意不去。周六不用上班,但阿六一心要回请老王,还是像上班一样起床吃早餐,这回还真让阿六撞上了,老王先到,已经在吃了,还是猪脚汤粉。阿六坐在他对面,老王,今天这么早啊?老王说,是啊是啊。肉丝汤粉一到,阿六加快速度吃了起来,看看老王快吃完了,阿六站起来喊,老板,买单!跟老王的一起算。老王又跟阿六争了起来,不行,让我来。老板最后收了阿六的钱,一共八块。吃完早餐,阿六踏踏实实地回家补睡觉去。

周一早上,阿六吃早餐时,又让老王买了单。周二,阿六抢着买单,又回请了老王。这样,两人你争我抢地轮着买单,老板也默契地轮着收他们的钱。遇到有谁没有到,俩人也顺延着。

过了一个月,阿六回想早餐的事,似乎不妥,我的肉丝汤粉三块钱一碗,老王的猪脚汤粉五块钱一碗,每次我要比他多付两块钱。于是,轮着老王买单时,阿六就重重奖励一下自己,加荷包蛋两个。

过了一阵子,阿六发现,遇到阿六买单时,老王也奖励他自己,也增加了两个荷包蛋。这一发现,让阿六很不是滋味,老王这人咋这样呢?

周六,照算,应该是老王买单。阿六带上儿子一起吃早餐,儿子不愿意,想睡懒觉,阿六打了儿子两下屁股,乖乖地起床,跟着阿六吃早餐去。阿六还给儿子奖励两个荷包蛋。

周一,照算,应该是阿六买单。阿六正吃着,只见老王带着两个男孩过来,一见面,老王就说,叫叔叔。两个男孩礼貌地对阿六说,叔叔好!四个人坐在一起,三个猪脚汤粉各加两个荷包蛋,一个肉丝汤粉。阿六喝完最后一口汤,放下筷子,正准备伸手拿卫生纸擦嘴,老王说,还不快谢谢叔叔!俩男孩放下筷子,异口同声地说,谢谢叔叔!

阿六越想越不是滋味,老王这人咋这样呢?明天我要带上老婆儿子一起吃早餐。

周二,照算,老王买单。阿六带领全家三口一齐出动,三碗肉丝汤粉,各奖励荷包蛋两个。老婆不爱吃鸡蛋,阿六全包了,一口气吃了四个荷包蛋。吃完了,待了一会儿,还不见老王来,阿六瞄了一下,水果店的门开了,不见老王。看看时间,不能再等了。只好付钱走人。

周三,照算,还是老王买单。阿六又带领全家三口一齐出动,三碗肉丝汤粉,各奖励荷包蛋两个。老婆又不爱吃鸡蛋,阿六又全包了,一口气又吃了四个荷包蛋。吃完了,待了一会儿,还不见老王来,阿六瞄了一下,水果店的门开了,不见老王。看看时间,不能再等了。只好又付钱走人。

周四,照算,还是老王买单。阿六又要带领全家三口一齐出动,老婆不愿意,儿子也不愿意。阿六只好一个人吃早餐,正吃着,老王带着两男孩来了。阿六想着老王不会来,今天忘记奖励自己了,只要了一碗肉丝汤粉,有点后悔。阿六吃完后,坐着,等老王买单他才走人。仨人慢吞吞地吃,今天仨人还都各奖励两个荷包蛋。好不容易他们吃完,老王喊了一声买单。老板说,二十四

块。老王把手伸进口袋,哎呀,钱包呢?钱包哪去啦?焦急的样子。老板看看老王,看看阿六。阿六一看时间,快迟到了。叹了口气,起身说,我来吧。

找表哥

　　这下可好了,堂弟没走多久,又来了一个阿牛表哥。哪来的那么多亲戚啊?这个阿牛表哥,以前听都没听过。说是这次回娘家才知道的,还交换了手机号码,说叫他来找我。妈妈呵,千叮咛万叮咛,不要把我的电话号码告诉人家,特别是我的住址。张大海放下电话,埋怨起母亲来,上次堂弟来城里找工作,住在我那两房一厅的小家里,就他一人还无所谓,还带来一个女朋友,气得老婆和我私下里吵了多少回。刚开始他还往外找工作,几天之后,干脆待在家里了,说是让我帮忙。我一个小小的科长,能有多大能耐啊?现在又引来一个表哥,我这里都快成接待办了。

　　张大海等了两天,没接到表哥的电话,倒是接到了妈妈的电话,问找到表哥没有?要不你直接到建筑工地去找他。还是建筑工地呢?算了吧。张大海心里想,要是再到家里住上十天半月,老婆不跟我闹翻才怪,老婆是在城市长大的独生子女,上次已吵着要回娘家住去了。

　　张大海嘴上答应妈妈,实际上什么也没做。但心里还是有些过意不去,毕竟是表哥,回到老家不好交代啊,还是去工地上看看他,如果有需要,就买点生活用品什么的给他,表表心意。张大海拿出手机,按照妈妈给的电话号码拨了过去,响了好几通,没接。好了,交差了。电话打了,是表哥他没接的。

　　张大海放下手机,拿起茶杯倒茶去。刚喝了两口,手机响了,

一看号码,是表哥的。

喂,是阿牛哥吗?张大海操着家乡话问。电话那边响着轰隆隆的噪音,估计是在建筑工地。

你是谁啊?你怎么知道我的小名?

喂、喂,我是表弟泥鳅啊。张大海说出自己的小名。

喂,什么泥鳅啊?我听不清楚。你再说一遍。

你在哪个工地啊?我这就去找你!

喂、喂,什么破电话,听不到的!

张大海听不清楚后面的话,电话太吵了。接着一看,断线。再拨过去,无法接通,转秘书台了,张大海留了言,有空给我电话。

张大海坐在沙发上喝茶,等着表哥打回来。又可以交差了,就说联系到了。要不是最近经济比较紧张的话,到工地给他点钱就算了。唉,明晚又有一张"罚款单"了,领导的儿子摆酒席,这礼金还不能太寒酸。

回到家里,张大海不敢提找表哥的事,生怕老婆有意见。倒是老婆开口了,妈妈来电话了,说什么你找到表哥了吗?张大海支支吾吾地说,先别管他。

第二天晚上,张大海参加宴席去。参加的人可真多,排场真大!整个大厅全包了,五十多围台。张大海签了名,送了红包。跟领导握了握手,说了几句恭喜的话。领导说,你们那一桌全是你们老乡,你自己帮忙招待啊!

张大海找到自己的位置,坐了下来。几个人全不认识。大家互相介绍了一下,用家乡话聊了起来,气氛顿时亲切,哈哈,原来都是一个县的,要不是这喜宴,还不认识呢,以后多联系。

过了一阵子,同桌有人站了起来,招了招手,说,李老板,在这里!在这里!那人笑呵呵地走过来,好久不见啊!大家互相介绍,握手,张大海说,幸会!李大老板!刚好没带名片来。李老板说,张科长!我是没有名片的,呵呵。

李老板坐在张大海旁边,两人聊了起来。

有个人笑哈哈地走过来,握住李老板的手,这么迟才来啊?李老板无奈地摇摇头说,唉,临出门有点事。那人又哈哈大笑,是不是家里又来人了?李老板竖起拇指说,还真给你说对了。家里说我表弟来找我,这年头啊,准没什么好事。昨天我干脆把手机转秘书台去了。

难道李老板就是表哥?张大海马上反应过来,偷偷地端详着李老板,但怎么看,都看不出是表哥,难道是巧合?就说口音吧,都是一个地方,怎么分别呢?还是试一下吧,张大海拿出手机,发了一个短信:阿牛哥,你在哪里?我过去找你。泥鳅表弟。

果然,李老板的手机"嘟嘟"地响了一声,李老板打开手机,叹了口气说,唉,你看,电话不通,短信又来了?还要来找我呢?

张大海当场不敢相认,宴席吃了一半,提前走了。原来表哥不是刚从乡下来,还是个大老板,还怕他来找我,呵呵,说不定请他到我家还不来呢。还要给他送生活用品?张大海想了想,觉得还是该给表哥发了个短信:阿牛哥,泥鳅今晚就坐在你身边。张大海。

张大海还没走出酒店,电话就响起来了,怎么是你啊?还以为你刚从乡——对方突然打住,改口,咋叫张大海啦?这就到我家去!

长虹贯日

多少？

六千八。

张三把手伸向屁股后口袋，掏出一沓厚厚的红色的人民币，在空中划了一道弧线，接着，手指头啪啪啪地翻动着，"给！""要不要发票？""不要！"服务员把钱一夹，转身出去。

阿六吓得愣住，我们竟然吃了一餐六千八百块的大餐！张三竟然请我们吃了一餐六千八百块的大餐！

几个女同学叫了一声"哇"！在她们的眼中，阿六分明读到一种惊讶，读到一种羡慕，特别是张三曾经暗恋多年的刘小梅更是满脸通红，阿六又看看张三，张三眯眯笑，在这张笑眯眯的脸上，阿六分明读到一种自豪，一种骄傲！

阿六甚至认为，张三划出的那道弧线，是目前最为漂亮、最为完美的动作，如古龙小说中的一招"长虹贯日"，剑光一闪，人即毙命。

阿六回家途中，刻意反复地学，把手放在屁股上，在空中划了一道弧线，但总觉得不够自然，毕竟手上没有那一沓厚厚的红色东西，车上的人奇怪地看着阿六比画着。

阿六想，下次请客，我也来一招"长虹贯日"！

机会终于来了。阿六得了"年度个人奖"，奖金是人民币五百块和一张镶金字的证书。同事们吵着请客，"请吧！今天晚上！下班直接去!"

阿六下班前借机偷偷到银行,把所有的储蓄拿出,要红色的,然后把钱包里的红色也取出,合在一起,放在屁股后口袋。

多少?

四百八。

阿六把手伸向屁股后口袋,掏出一沓红色的人民币,在空中划了一道弧线,接着,手指头啪啪啪地翻动着,"给!""要不要发票?""不要!"服务员把钱一夹,转身出去。

阿六觉得这动作漂亮极了,想到女同事们的那一声"哇"和脸上的那一种惊讶那一种羡慕,脸上笑眯眯。

切——一个女同事说,

那么多钱,请我们吃这么一点!一个男同事说。

阿六的脸红起来。

后来,阿六认为,"长虹贯日"之所以没有杀伤力,主要是这一餐小了,不够大。下一次就痛下杀手!

机会又来了,几个老同事出差顺便来找阿六,考虑到跟张三也有过一面之缘,把张三也叫上,阿六特别交代,这次就由我买单,还说,你跟酒楼熟悉,帮我订一间房间,把菜点好。

多少?

两千八。

阿六把手伸向屁股后口袋,掏出一沓厚厚的红色的人民币,在空中划了一道弧线,接着,手指头啪啪啪地翻动着,"给!""要不要发票?""不要!"

哇!

早知道也跟你一起跳槽来这里!

阿六在老同事的脸上,分明读到了那一份惊讶那一份羡慕!

阿六笑眯眯起来,脸上闪烁着一种自豪一种骄傲。

服务员把钱一夹,转身出去。张三欲言又止。

第二天,张三来电,昨晚够面子吧?!

阿六说,就是贵了点。

张三听完,哈哈大笑,说,酒楼退回了一千六,晚上你过来拿。

藏

阿六再次仔仔细细地检查一遍屋里，确定所有的窗户全部关好关紧，然后满意地对老婆说，没问题了，出发。

老婆弯腰提行李袋，她脖子上的项链不经意地垂了下来，阿六急忙说，等等。阿六用手指拉了拉老婆的项链，又说，我们这次七天游，一路上你带着这么多金项链、金耳环和金手链，该多危险啊！

老婆眨了眨眼，看了看阿六，觉得有道理，把它一件一件取下来，走进主人房藏好出来。阿六说，肯定又是藏在衣柜了。

老婆说，一直藏在那里啊！

阿六说，不行啊。危险！

老婆重新进主人房，把那些东西藏好。

阿六笑呵呵地说，肯定藏在枕头底下！

老婆笑眯眯地说，不是。

阿六说，那就是在床垫下。不会错吧？

老婆说，是的。

阿六生气地说，你真糊涂啊！上次张三家里被偷的时候，床垫都给掀起来了。

老婆紧张地问，那藏哪里呢？

阿六用手指了指自己，假如我是小偷，我肯定先光顾主人房。还是藏在书房吧。

老婆走进书房,过了一会儿又折回来,摇摇头说,书房也不行。看过电影电视的都知道,特务间谍一般都是在书里挖个空,然后藏上手枪什么的。老婆说着走进厨房,藏好出来,微笑着问,你猜,藏哪里了?

阿六不屑地说,不是冰箱,就是米桶。

老婆竖起大拇指,真聪明!

阿六解释,这两个地方都不行。我们要出去七天,要是小偷进来了,去冰箱里拿点饮料喝,不就发现了吗?现在的小偷胆子大得很!偷喝酒醉了,还到主人房睡觉呢。

老婆问,那米桶呢?

阿六说,我们家在农村时,我妈就喜欢把东西藏在米桶,据说,乡下都有这习惯。

老婆说,那就藏在鞋柜的皮鞋里,怎样?

阿六说,老土。

阳台的花盆呢?

老土。

老婆感叹,要是有保险箱就好了!

阿六大笑起来,那是最愚蠢的做法,小偷一进来,什么地方都不用去找,把保险箱直接撬开或者抬走就行了。

老婆生气地说,那藏哪里呢?这也不行,那也不行。你自己藏吧。我先到楼下拦的士。老婆气鼓鼓地提了行李先下楼去。

阿六手里拿着那些金器,在屋里踱来踱去,绕了两圈,突然,拍拍脑袋,自言自语,有了!

阿六把电视打开,把声音调大些,又把屋里的灯光全部开起来。阿六得意地哈哈笑了起来,更为得意的是,阿六想到了一个好地方。

阿六关好门,上好锁,准备下楼,老婆慌慌张张地上楼来,说,哎,急死了,急死了!不会是吃坏了肚子吧?车来了,你先下去把行李放车尾箱。我上洗手间。

车子开了,老婆问,藏哪里了?

阿六看着窗外,没答。

老婆又问,究竟藏哪里了?

阿六还是没答,努了努嘴,指了指的士司机。

老婆明白了,一路无语。

下了的士,车子一开走,老婆就迫不及待地又问了,藏哪里了?怎么屋里的灯全开了?电视也开了?

阿六再次得意起来,这你不懂。三国演义有一回叫做:武侯弹琴退仲达,就是折子戏里的《失空斩》的"空",空城计!

老婆着急地追问,什么空城计?我全关了。那些东西究竟藏哪里了?

阿六神秘地说,再天才的小偷也不会想到的地方——垃圾桶的垃圾袋。

老婆说,快,赶紧回去。我临走时把它丢了。

心　愿

　　我小时候,家里很穷,兄弟姐妹多,每天只能吃番薯和稀饭,稀饭的那个稀啊,清澈透底。怎么?你喜欢吃番薯稀饭?那个时候,是我们穷人才吃的,以前番薯叶是喂猪的,呵呵,上次你在酒楼点青菜说要番薯叶。这话没别的意思,呵呵。我那时有一个心愿,就是能吃上一餐米饭,尽情地吃上一餐。你家很多米,请我上你家去吃?谢了!现在我家也不少。那时候,大家都比较穷苦,只有过年过节,才能吃上米饭,但还是限量的,决不允许敞开肚皮吃。平时能吃上米饭的算是小康水平了。

　　邻居阿旺,跟我一样大,他隔三岔五能吃上一餐米饭,阿旺那小子还爱炫耀,喜欢拿张小凳子坐在他家门口,手里端着一小碗米饭,碗里放着一块卤猪肉,慢吞吞地吃。我羡慕极了,有时躲着看阿旺,口水往肚里流。我有时也想,如果我也是独苗,父亲也是官的话,我也能跟阿旺一样享受米饭卤猪肉待遇。有一次,我说了,给哥哥姐姐揍了一顿,说是咒骂他们早点死。独苗的话就没有我了?呵呵,也是。

　　我做梦都想吃米饭,梦见了好几回呢,醒来之后,茫然一片。我偷偷地跟母亲说,我想吃米饭,母亲笑笑说,孩子啊,等过年了,我们就吃米饭。于是,我就盼着过年,因为过年了,就有米饭吃,过年的时候,我吃上了米饭,但不能尽情地吃,"盛完即止"。我对妈妈说,要是天天过年就好了!笑什么,你小时候还不是天天盼过年？

有一次,好朋友阿财告诉我一个秘密,一个能吃上米饭的秘密。我问,真的吗？阿财说,真的,我都吃了。什么秘密？这么好的事！哦,那是我们镇上的一个风俗习惯,谁家办丧事,谁家就请亲戚朋友吃饭,还是吃米饭。阿财的一个亲戚不久前过世了,阿财的母亲带上他吃了一餐。于是,我就盼啊盼,日夜祈祷,盼什么？祈祷什么？呵呵,盼我家的亲戚过世啊,能去吃上一餐米饭,尽情地吃,开怀地吃,最好还有卤猪肉！（真是八辈子倒霉才摊上你家这门亲戚,还有这样祈祷亲戚的。）

可是我的亲戚们身体好得很,壮得很,没有一个在我的祈祷下过世,就是那位八十七岁的远房叔公,咽气之后又醒过来了。我有点失望,这么多亲戚,怎么没有人死呢？呵呵,别笑！祈祷过谁？这不能告诉你。

没多久,阿财又来告诉我一个秘密,一个不用死亲戚也能吃上米饭的秘密。我高兴啊,但我转而一想,万一给人家抓到了怎么办？哦,忘了说,阿财假装是死者亲戚家的小孩,混饭吃。阿财说,都吃了两回了,人家认不出来。说着,拍了拍胸脯。

于是,我与阿财约好,下次有这个好事,一定要带上我。第二天,好事来了！阿财如约带上我,阿财对我说,你哭一下吧,这样真实一点。我说,我哭不出来。阿财就说,我哭给你看,说着哭了几下,还流了眼泪。我也哭了几声,可就是没眼泪,干号。实在不行,阿财说,无所谓了,混进去再说。正在准备进行时,有一个大人走过来对着我说,怎么来这里,回去！回去！于是,我无可奈何地走了。事后,阿财总结是,没有哭。后来,在偏僻没人的地方,我还专门学哭,呵呵,大力打几下脸不就行了？你打几下试试看？阿财还当老师一样教我,你想象你妈打你,你就哭了。我学了很多次,大功告成,我终于可以哭出眼泪来了！我们两人高兴得一起哭了起来,比赛谁哭得厉害,使劲地哭。

阿财和我开始祈祷了,这回可不是祈祷亲戚,而是祈祷有人死,有人死就行。呵呵,晕倒,没你份。

有一天,阿财和我在一起练习哭,我哭得一把鼻涕一把泪,好像家里真死了人了！突然,远处有人喊我的名字,我认出是二哥的声音,赶紧停哭,朝二哥跑去。二哥说,爷爷不行了！快！快！回去！

当我赶回家的时候,家里哭成一团,我看见父亲母亲哥哥姐姐叔叔姑姑们一个劲地哭。我愣在那里,突然,哈哈哈大笑起来,说,终于有米饭吃了！一个巨大的巴掌从天而降……

快速反应

昨晚老婆已跟阿六说好了,今天在家里过生日,她已经订了蛋糕。阿六开完会提前走人,把晚上的饭局也推辞了。

到家后,阿六发现老婆的脸色不大好,再细看,脖子上还有伤痕,问,怎么啦?老婆说,今天倒霉透了!阿六说,今天是你生日呵!老婆说,你昨天送我的生日礼物给抢了!阿六有点惊讶,那条项链?老婆点点头。阿六再问,没伤着吧?

老婆说,她刚在隆记蛋糕店提了蛋糕,没走几步,后面呼的一声,感觉脖子勒了一下,人往前扑,摔倒了,蛋糕也摔烂了。好在蛋糕店的老板娘帮我扶起来,你看,膝盖还淤了呢。老婆说着,含着泪花。

阿六看了看脖子,再看看膝盖,安慰说,那今晚我们就到外面去过吧。老婆说,哪都不去!不过了,将就吃点,早早睡觉大吉!

晚饭后,邻居老张来了,老张寒暄了几句后问,我今天坐车经过隆记蛋糕店的时候,听说有人抢了项链,又看到嫂子在那里,不会是嫂子被抢了吧?

阿六赶紧说,没有啊。

老张说,那就好!那就好!最好不是!

阿六想,这消息也真快!好在老婆在洗澡,要不,脖子上的伤痕可就穿帮了。但阿六说,谢谢老张关心!

送走老张,阿六刚刚坐下,门铃响了。

是李老板!

李老板一进来就说,不好意思,一点小礼物,祝嫂子生日快乐!

阿六有点纳闷,老婆这一天的生日没人知道的啊。这个生日一向是我们俩自己过的,他是怎么知道的呢?

阿六还是客气地接待了李老板。李老板没坐多久就起身走了,说不好意思,还有事,今晚就不打扰你们的二人世界了。

李老板送的是一个精致的小礼盒,阿六问老婆,你告诉李老板今天生日吗?老婆说,没有啊。

那他怎么这么灵通呢?谁告诉他了?阿六说

老婆说,该不会是你吧?

阿六说,我也没对人提起过啊。

过一阵子,王总来了,王总也说,祝嫂子生日快乐!知道得迟了,不好意思,今天比较忙!

王总还说,我说呢,把饭局都推掉了,原来是嫂子生日,走,到金色时代开间房庆祝一下!热闹热闹!

阿六说,算了。今天她不舒服。

王总说,那我也不久留了。

王总也送了一个精致的礼盒。

接二连三地来了好几个人,送的都是精致的礼盒。

最后送走胡总时,阿六还在想,他们怎么知道的呢?

电话响了。是同学张三。

张三说,祝嫂子生日快乐!

阿六奇怪地问,你怎么知道的?

张三笑哈哈说,嫂子的脖子没事吧?损失了多少?

阿六装作若无其事。什么事啊?

张三说,嫂子不是给抢了项链吗?

阿六说,你怎么也知道了?

张三说,刚刚知道的!你自己上网看看去,我给你网址!

阿六放下电话,准备进书房开电脑上网,老婆说,他们送的礼物全是项链,比你送的那一条漂亮多了。

老婆还问:下礼拜天是我身份证上的生日,还请不请他们啊?

【相关链接】今天下午四时左右,在我市中山大道的隆记蛋糕店门前发生了一起摩托车抢劫事件。据蛋糕店的老板介绍,今天是这位中年妇女的生日,那条被抢的项链是她老公送给她的生日礼物。附图片。

【相关链接】网友"知情者"爆料:今天下午四时左右,在我市中山大道的隆记蛋糕店门前发生了一起摩托车抢劫事件。被抢的中年妇女是我市某干部的老婆,被抢去的那条项链价值1万多。

床头灯

男人陪女人逛了整整一天,最后在灯饰大世界看中了一盏床头灯,这盏床头灯做工精致、造型美丽,但价格不菲,女人喜欢,越看越喜欢。男人说,那就买下吧。女人说,太贵了,等降价再买。再到别处转转吧。

看了好几家,女人总感觉没有那一盏好,女人说,算了,回家吧。

第二天,男人带回了那盏床头灯。女人生气地说,这么贵,你急什么呢?

男人看着女人笑,碰巧路过,降价了!

男人问,摆在哪里?男人睡在床的左边,女人睡在床的右边。

女人说,右边吧,我方便开关。

男人说,开关的事,还是我来效劳。

二人相视而笑。

这晚,开着床头灯,在柔柔的光线下,女人躺在男人的怀抱里,在甜言蜜语中憧憬着未来,男人大谈豪情壮志。夜深了,男人"效劳"熄灯,女人深深地吻了男人。

有一天,男人出差,女人开着床头灯,在柔柔的灯光下,女人想着男人,想着想着,就想给男人打电话,但女人迟疑了一下,或许男人正在谈正事呢,还是不打扰吧。这时,电话响起,女人知道,肯定是男人打来的,女人拿起电话,两人说着,笑着,好似阔别多年。女人说,我要睡觉了,关灯。男人说,我来关。

女人睡着了,她没关灯,床头灯就这么开着,她在等,等他关灯。

后来,男人晚上外出应酬,女人一样开着灯,等着。女人靠在床头灯这边看书,看累了,女人想睡。女人给男人打电话,等着你回来关灯呵。电话那头,男人呵呵笑着,好的好的。男人回来的时候,身上带着酒气,男人蹑手蹑脚地把灯关了。黑暗中,女人说,喝多啦?男人说,又吵醒你了。女人说,没关系。

有一天,男人说,以后别打电话吧。女人疑惑地望着男人,但还是说,嗯。于是,女人看书累了,想睡的时候就给男人发短信,等着你关灯呵!

女人每晚开着床头灯等待男人,男人回来就关灯,不管多晚。后来男人说,你还是关了灯吧。女人说,你关灯的时候,我就知道你回来了。

有一次,男人回家,女人睡着了,依旧开着床头灯,男人关灯的时候,女人说,又喝多啦?男人说,工作关系,没办法。男人说完,倒下就睡,女人这夜辗转难眠,因为,女人闻到的不仅仅是酒味。

一天早上,女人醒来,床头灯还亮着,女人赶紧打了男人的手机,手机响了很久,终于接通了,男人说,昨晚陪领导喝多了,就在宾馆开房了。女人说,床头灯亮了一个晚上。男人说,我这就回去。

又一天早上,女人醒来,床头灯不亮,女人想,男人还是回来了。女人起身,走出客厅,没人?!书房,也没有?!女人走回房间,坐在床边,静静地坐着,呆呆地坐着,看着床头灯,默默地流泪。

男人终于回家了。男人想,女人睡着了。黑暗中,男人轻手轻

脚地上床,男人没有听见女人问话,男人伸手去开床头灯,不亮,男人已经很久没跟女人说话了,男人今晚想跟女人说话,特别特别想跟女人说话。

男人还是说了,上面来人了,我明天就去自首。女人没有回答。男人又继续说,问题挺大,只有弃车保帅,估计我也出不来了。

男人不知道,这盏床头灯连续多少个日子通宵达旦地亮着,如今,它再也亮不起来了。

男人第二天就自首去了,在女人没有醒来之前。男人没有脸面见到女人,昨晚他是回来跟女人告别的。

男人不知道,第二天,女人也没有醒来,床头灯不再亮起。

那一双脚

阿六的那一双脚,并不是有什么残废,或是畸形,它除了皮肤上有几道划痕之外,完好无损。但时常令他苦恼的是,那一双脚一穿上袜子和鞋子就爱发热,它一发热就爱出汗,一出汗,袜子就会湿,有时路走多了,不但袜子湿了,连皮鞋也湿了,还会产生一股异味。

阿六刚开始没有发现他的那一双脚爱发热。因为从懂事开始,他就打赤脚,他家穷,从小学到高中,无论上山捡柴割草,还是挑粪浇水、下田耕地,无论春夏秋冬,还是刮风下雨日晒雨淋,就是连他们学校举行 3000 米赛跑,也是他打赤脚夺了冠军,那时还为那一双脚而自豪。

可刚上大学那阵子,阿六穿上了袜子和鞋子,刚开始他只感觉到脚有点热,接着是脚底有点湿,后来竟然有一股异味,有些同学上课或晚自修时都害怕跟他坐在一起了,阿六一放学回宿舍就把袜子和鞋子脱了,他的那一双脚也就不会发热出汗,不会产生异味。后来,阿六甚至打球跑步时,也光着脚丫子。同学们还给他送了个外号"赤脚大仙"。阿六暗暗下定决心,什么赤脚大仙,我也要穿皮鞋!

阿六大学毕业后留城,如愿以偿,他穿起皮鞋,打起领带上班了,但那一双脚常令阿六感到很尴尬、也很没面子。因为同事尽量不经过他的办公桌,绕开走,实在不得已的,捂着鼻子匆匆

而过。阿六想,我怎么会有这样的一双脚呢?

阿六决定到医院去看看皮肤科,医生说,没什么大事,就是出汗引起的,多注意卫生就是了。他问医生,我这一双脚,真的没病吗?医生说,没病!他又强调,真的没病?医生奇怪地看着他,你这人是怎么啦?

阿六听医生的话,买了吸汗鞋垫、吸汗袜子、透气皮鞋,但是工作的原因,阿六需要走很多路,这样,阿六的那一双脚还是会发很多热、流很多汗,依然还是会产生异味。为此,阿六不得不买了一支法国香水,见重要客户的时候,喷上一喷。

他曾为此问了一些朋友,他们回答,可能你不习惯穿鞋吧?习惯就好了。这时,阿六会红着脸地说,我进城这么多年了,也穿了这么多年皮鞋了,多久才会习惯啊?

阿六仍然认为他这一双脚是有病引起的,阿六有钱了,他不在乎钱,他就是要医好这个毛病,他就是要搞清楚,这是什么病。于是,阿六上医院,干脆做了一次全面大体检,医院可以做的检查项目他全做了,但医生最后告诉他,所有的数据显示,未见异常,也就是说,没病。但他还是再问,那我的这一双脚怎么一穿鞋就爱发热出汗呢?医生说,这是一种正常现象,你比常人厉害一些罢了。

阿六有点失望,查了那么多次还是查不出来,这也使他更加苦恼,他经常在想如何使他的那一双脚不发热不出汗,为此,他在办公室有时不穿鞋,这却引来同事们的笑话。

有一次,阿六意外地发现可以减少发热出汗的方法。那是他高升为经理而有了独立办公室的时候,他偶然把空调的温度降到最低,发现脚没那么热了,汗也没那么多了。于是,他办公室的温度永远是最低的,他的小车里的温度也永远是最低的。阿六为自己的这个办法高兴了一阵子,但这个方法只是减少发热出汗而已,不能根治。

一年春节,海南的刘总邀请阿六去他那里玩,海南天气热,阿六索性脱了皮鞋走路,阿六感觉舒服极了,好像回到了过去。后来,阿六跟刘总提起他那一双脚爱发热的事。刘总说,这附近有一位很出名的老中医,不妨去看一看,或许有办法。

老中医伸出三个手指,把了把脉,说,你们城里人怎么也会这样呢?阿六刷地脸红起来。老中医又把了把脉,问,你父亲的脚也会发热吗?阿六答,会。老中医又问,家里是农民吧?阿六支支吾吾、不好意思地答,是的。

老中医放开手,说,你的祖祖辈辈肯定都是农民,你才有这双脚,你这是遗传。

阿六说,既然知道根源了,求你开个药方子给我吧,这一双脚令我很苦恼!真的很苦恼!

老中医慢条斯理地说,老祖宗遗传给我们的东西,有些是去不掉的。譬如黑头发黑眼睛黄皮肤。

擎天石

擎天石，也叫雷公石，是我老家的一块巨石。

这块巨石颇为奇特，它中间裂开，形成了一条长缝，而在巨石的底部，有一棵榕树，树根顺着长缝，攀附着从下而上生长，茂茂密密，好像半边雨伞。夏天，树荫下，凉风习习，大人们下棋打牌讲故事，也有人在这里叫卖糖果之类的，我们这些小孩子也很喜欢在这里玩耍，好不热闹。

有一些人还顺着石缝中的树根爬上顶天柱的上面，他们说，上面有两个深深的脚印，有三米多长，一左一右，跟人的脚印差不多，就是大了些，是仙人踩的。我很想爬上去看看，但从来没有爬上过，而我本来胆小，又个子小，因为爬上去是很危险的事，大人们是严禁的。但我总是想上去，有一次，我和一个小朋友打赌看谁先爬上去，当我费了九牛二虎之力刚刚爬上一半的时候，我沾沾自喜地看了一眼小朋友，咦，不见了，正诧异时，爷爷怒气冲冲地跑来了，在底下吆喝着，不用说，当然是那位小朋友使坏了，爬了一半的我只好下来，挨了一顿揍。

其实，关于擎天石，还有一个美丽的传说，老人们会时不时地讲起，讲到最后，老人会说，好险啊！好险啊！要不是玉皇大帝派雷神把擎天石劈了，这石头肯定把天顶破了！

今年五一黄金周，我带朋友林回老家，林是外地人，我就顺便带他到擎天石那里玩一玩，翻翻我儿时的老皇历。

林第一眼看到擎天石时，很惊叹的样子，说，真是奇特！这块巨石的根部给榕树的底部牢牢地固死在地下，而榕树又顺着石缝往上长，二者一体，相辅相成，相得益彰。

　　我说，其实榕树和擎天石是一对冤家。林说，怎么会是冤家呢？这不挺好的吗？

　　于是，我也向他讲擎天石的美丽传说。

　　在很久很久以前，榕树和擎天石都很小，它们两个打赌，看谁长得快，看谁长得高。一天天，一年年，擎天石长起来了，长得很快，而榕树呢，也长，但没有擎天石快，榕树急了，它怕擎天石赢了，于是，它偷偷地告诉土地爷，说擎天石再这样长下去的话，非把天顶破不可，土地爷马上将这个事情告诉玉皇大帝，玉皇大帝一听，顶破天，这还了得？立马派了一位神仙前来视察，果然，擎天石又长高了，神仙伸出大脚，把擎天石踩了下去，所以，上面有了两个脚印。

　　榕树偷偷地乐，因为那一脚把擎天石压下去，榕树比擎天石高了。但是，没高兴多久，它又急了，因为擎天石又拼命地在长，又高过它了。这回，榕树又将这一消息告诉土地爷，土地爷又将这告诉玉皇大帝，玉皇大帝大怒，派出雷神，在一个风雨交加的晚上，雷神"啪啪"地把擎天石劈成两半。

　　从此，擎天石再也长不高了。榕树自个慢慢地、慢慢地长，终于高过了擎天石。

　　讲到这里，我不忘学一学老人们的样子，好险啊！好险啊！要不是玉皇大帝派雷神把擎天石劈了，这石头肯定把天顶破了！

　　讲完了？林问。

　　我笑着说，讲完了，这个美丽的传说就这样结束了。

　　林说，这个传说，其实并不美丽！

我疑惑地看着林，林继续说，它们之间应该没完，擎天石它还在不停地抗争，虽然目前榕树比它高，擎天石似乎也不长了，但千年后呢？万年后呢？只要它屹立不倒，就没有输的一天。

我怔了怔，想不到，我们当地流传这么多年的美丽传说，在外地人林的眼中并不美丽，而是另一番景象。

我不禁再次仰望擎天石。

玻璃门

明天要竣工验收。

早上，我起床后，没吃早餐就匆匆赶往工地，我第一个到达，保安开了门，我往里面走去，突然，嘣的一声，我的头撞上什么东西，一阵晕，定下神一看，撞上玻璃门了，这门什么时候装上的？再一看，眼镜掉地下了，还撞烂了，没法戴了。

我用手摸摸刚才撞到的额头和脸，咦，流血了，我开始感觉脸有点疼了，捡起眼镜赶紧往洗手间去，透过镜子一看，天啊，满脸是血，用水洗了洗，血还在流。这得找医生去。

刚走到门口，碰到小李，我赶紧说，我刚才给玻璃门撞到了，你小心啊。小李一听，紧张地说，是哪一道玻璃门？我说，好像是昨天才装上的。小李二话没说，跑了过去。我也紧跟着过去。

小李看了看地下，还看了看玻璃门，说，还好，玻璃门没烂，没砸到地下的抛光砖，要不，可要影响明天的验收了。小李说完走开了。

我用手按着脸上的伤口，准备走。小张来了，我又赶紧说，我刚才给这道玻璃门撞到了，你小心啊。小张一听，紧张地说，怎么撞上了？把门锁撞坏了吗？我说，不知道。小张仔仔细细地检查了一遍，高兴地说，还好，没坏，不影响明天的验收。小张说完走开了。

血还在流，我忍着疼。小王来了，我又赶紧说，我刚才给这道

玻璃门撞到了,你小心啊。小王说,昨天下午我可是在玻璃上贴了标示的,是不是给昨晚搞卫生的人撕掉了?我说,这可不行,估计以后还有人会撞到。小王说,你打电话给现场工程师黄工吧,让他把这问题转告设计师郑工。他说完又走开了。

我拨通了黄工的电话。黄工说,怎么?把玻璃门给撞坏了?你是怎么走路的?那么大块的玻璃门,亏你还戴了眼镜!

我急忙说,没坏。只是撞了一下,这个位置,玻璃门迟早要给人撞的。黄工说,你先别走,我马上赶过去!

我用手一抹,脸上都是血,我想再去洗手间洗一下,但担心别人撞到,我在边上拉过一张梯子放在玻璃门的前面。

等我从洗手间回来时,黄工和郑工都到了。黄工说,是谁把梯子放在这里的?他示范着说,如果一不小心,从这里反推玻璃门,岂不是把玻璃门撞坏了?岂不是影响明天的验收?

我说,是我,我怕别人撞到,放在那里的。黄工瞪了一眼,怎么又是你!

郑工开口了,是谁说这设计不好的?是门撞你,还是你撞门?一个大活人,走路不长眼。

我忍着疼,不敢出声。

过了一阵子,我说,黄工,我可以走了吗?我要去看医生和配眼镜。黄工说,明天验收,今天全体加班,快去快回,不来要扣工资的!我说,好的。

我以最快的速度看完医生和配好眼镜后回到工地,刚走到门口,听到里面有人在喊:赵总撞到玻璃门啦!

我进去一看,真是甲方的赵总撞上了玻璃门!郑工说,赵总啊,工地这么乱,怎么不提前给我们打声招呼呢?赵总满脸是血,指着玻璃门说,把它拆掉!

黄工和郑工异口同声地说：马上把玻璃门拆掉！说完，两人扶着赵总上医院去。

顺风车

阿六坐在办公室想着昨晚的事。

昨晚,张三夫妻带着三个小孩上他家玩,还提了一袋水果。阿六赶紧泡工夫茶招待。去年装修期间,张三可是帮了不少忙!张三老婆看看天花,摸摸墙体,把几间房子巡了一下,说,装修得多漂亮啊!阿六说,还不是张三帮了大忙!

拉了一通家常之后,张三老婆说,快过年了,唉,春运还没到,回老家的车票就涨价了!比去年还多!张三去年下岗到现在还没找到活干,本来不想回去的,一家人的车票就是几百块呵,但不回又不行。张三的妈妈已经打了好几回电话了,说想看看孙子。你们今年回去吗?阿六说,回,大概腊月二十四吧。张三说,我想你们是回去的,刚买了新车嘛!张三老婆抢着说,能不能搭你们的顺风车一起回去啊?阿六老婆想推辞但又不好意思,于是说,可以,就是人多坐不下。张三老婆说,没问题,到时就让张三自己坐班车,我们几个就搭你们的顺风车。太好了!又可省下几百块钱过年了!先谢谢你们!阿六老婆不知说什么好,看看阿六,阿六说,那到时通知你们。

临走时,阿六老婆不但把水果让他们带回去,还送了一包年货。

阿六两人刚坐下不久,李四串门来了。

李四坐下来后便开始发牢骚,我真是瞎眼了,这个王五呀,现在发达了不认人了,昨天跟他说春节搭他的顺风车回去,你猜他怎么说,已经答应别人了。想当初,把你们二人介绍来这里的时候,在我家吃住全包。要不是我李四帮忙,他能有今天吗?我这人最讨厌的就是他这种忘恩负义过河拆桥的小人!那时在我家住时,还说什么我们仨是刘关张,要桃园结义,说什么苟富贵不相忘。搭个顺风车嘛,又不是什么大事!阿六你来说说。

阿六明白怎么回事了。阿六主动提出,今年回老家就搭我的顺风车吧。李四笑呵呵地说,还是阿六你讲义气!我算没看错你了!

阿六想着想着,电话响了,是刘科长,他说天冷了今晚请阿六全家吃火锅!阿六觉得奇怪,刘科既是阿六老乡又是他的主管部门的头儿,平时都是阿六请刘科的呀。

晚上大家涮着羊肉,喝着酒,刘科客气得很,又是倒酒又是夹菜,还问够不够,一定要喝好吃好。阿六心里更是奇怪,趁着微醉,举杯敬酒问刘科,今天有何喜事啊?刘科不好意思地说,既然阿六兄弟问起,我就不得不说了。唉,说起这事,真是没面子。今年把买车的钱全输光了,之前我又说买了车,家里的亲戚朋友全都知道了。春节你要是不回老家的话,能不能把车借我充充门面?

阿六不知道如何应答,举杯的手停在空中。阿六的老婆拉了拉阿六的衣角,说,真是不好意思,刚买了新车,阿六的爸爸非要我们回去不可。刘科"哦"的一声,一口闷把酒喝了,又倒了一杯喝了。

过了一会儿,阿六说,这样吧,我们一起回去。这车呢,算是我借你的!我们全家搭你的顺风车!

刘科站起来,举杯说,好兄弟!来,干!

亲笔签名

老六叔是一名花匠，从小酷爱花草，终日与花草为伍，养出来的花草那是人见人赞，为此得了不少奖，也有不少人前来请教学习，老六叔热情接待，倾囊相授。退休后，单位继续聘用他，他也乐意，因为花草就是他的生命。

这天临下班时，接到单位领导的电话，说请他到办公室一趟。老六叔弹弹身上的泥土，洗洗手洗洗脸，也不知道啥事，说得那么神秘？

到了办公室，领导笑脸相迎，说，坐坐。接着把办公室另外一位男人介绍给他认识，说，这是我们地区走出去的名人，准备回来住些日子散散心，顺便想跟你学学手艺。老六叔不认识名人，但既是来学艺，领导又如此重视，老六叔客气地说，欢迎欢迎！名人也客气地握着老六叔的手，说，久仰久仰！领导说，明天起就拜托老六叔了。老六叔很奇怪，这名人怎么偏偏找我学习？

老六叔吃过晚饭后，跟老伴聊了起来，说今天有这么一位名人想跟他学艺，还是咱们这里出去的。老伴说，好像是有这么回事，这得问你孙女，她是追星一族。

孙女说，怎么啦？你认识他呀！太好了！爷爷您帮我找他要亲笔签名。老六叔说，你也没见他，咋知道是他？孙女说，刚好今晚电视台有他的专访，你认一认。

果然是他，如假包换！名人说，最近他感到很累很累，他需要休息一段时间,希望大家不要打扰他。他想完成他自己多年前的一桩心愿。

孙女跳了起来,紧紧地抱住爷爷,说,爷爷您一定要帮我找他亲笔签名,问他要一张照片!他的亲笔签名很多人没有呢,他这人有点古怪,他不大喜欢给人亲笔签名。老六叔说,我试一试吧,也不能勉强人家。孙女说,我能不能跟你去看看他?老六叔神秘地说,领导交代,不能让外人知道,我这是说漏嘴了,你不要说出去啊!

名人虚心地跟着老六叔学习。老六叔边干活边讲,名人也是边帮手边听,老六叔感觉名人悟性挺高的,一说他就明白。老六叔想把孙女的话说出来,跟名人要亲笔签名,最好还是亲笔签名的照片,但觉得不好意思,还是咽下了。

晚上回家,孙女急着要名人的亲笔签名,老六叔敷衍着说,今天没空。孙女的嘴巴噘得老高,说明天一定要弄到,她都跟朋友打赌了。

老六叔由于不好意思开口,没要到亲笔签名,孙女天天吵吵他。实在没办法了,这天,老六叔趁着休息的时候,红着脸,支支吾吾地说,我孙女想、想、想跟你要个亲笔签名——的照片。名人笑着说,师傅的要求,徒弟满足就是。

晚上回到家,告诉孙女,这可乐坏了她,对爷爷又搂又抱,说,我的好爷爷,就知道你行的。

过了几天,孙女神秘地对老六叔说,我朋友也想要个亲笔签名。老六叔摆摆手说,这怎么行呢?总麻烦人家,多不好意思呀!孙女说,人家都把东西寄来了,我怎么交代啊?说着眼泪流了出来,老六叔说,不行。孙女又哭又闹起来,奶奶过来圆了场,老头子,就再帮一次吧。老六叔也不忍心,只好答应。孙女马上破涕而笑,跑进房间把准备亲笔签名的东西拿出来交给老六叔,老六叔惊讶地说,这东西能给人家签名吗?女人的内衣。孙女说,这你就不懂了,有人把名字签在背上,还文上了呢,有人把签名纹在胸口。老六叔摇摇头,不同意,说不好意思。孙女又哭闹起来,没办法,老六叔又答应了。

好在名人或许是见惯了,名人还是把名字亲笔签上,倒是老六叔脸红得不得了。

后来,孙女又陆续让老六叔帮了几次,有一个女孩说是为了见名人一面,曾经在宾馆门口等了三天三夜,就在名人走出宾馆时,给人家挤得晕倒了。老六叔每次都拒绝,但后来又妥协。

时间一晃过了两个月,名人对老六叔说,后天就走了,明天晚上想单独请老六叔吃饭。

老六叔晚上回家跟老伴说了此事。孙女这段时间对爷爷的动向十分关心,立马跟老六叔提个建议,说,爷爷您自己再找他要个亲笔签名,最好是两人的合照,再加上他的亲笔签名。老六叔当然不理她。

第二天,名人和老六叔共进晚餐,名人说,老六叔,你知道我为什么找你学艺吗?老六叔说,不知道。名人说,我父亲是养花卖花的,曾经向你学习了几天,对你佩服得很,他要我向你学习,做一名出色的花匠。虽然我没见过你,但你一度是我奋斗的目标。老六叔说,你现在不是挺好的吗?你父亲呢?名人说,一场车祸夺走了我父亲,我们全家因此也搬离了这里,要不,我还在这里养花卖花。谢谢老六叔这两个月的关照!老六叔说,难怪我感觉你对这一行挺熟悉的。

名人说,最后我想请你帮个忙,好吗?老六叔说,还客气什么?只要我懂的,全教给你。

名人从怀里拿出一张和老六叔的合照,说,我想要你的亲笔签名。

换车路上

阿六喜形于色,边走边打手机,好的,好的,现在就过去提车。说完,接着给好朋友电话,喂喂,哥们,咱可是真正的有车一族了!我这辆摩托车——

突然,嘎——的一声,一辆小车刚好停在阿六的脚边,真险啊!差一点点就撞上了!阿六吓了一跳,冒出冷汗,手机掉地下了。

车门推开,走下一人,那人瞪着眼,张开口就骂,XXX,你找死啊!见了车也不让!我这可是新车!

阿六恍过神,举手示意,表示不好意思。

那人走到车头,用手摸摸,蹲下,看了又看,幸好没事,又恶狠狠地看了一眼阿六,上车走了,嘴里还在念念有词。

阿六也恶狠狠地瞪了他一眼,哼,撞到我的话,跟你没完!新车,咋的?还不是跟我那部车一样,有什么了不起?够胆就撞过来啊!看你那熊样,会不会开车?八成驾驶证是花钱买的!

阿六边发牢骚边走向摩托车停放处,骑上摩托车就奔车行。

红灯停。绿灯走。可阿六的摩托车不走,打火、不着,又打、又不着,连续好几次,还是不行。急啊,阿六那个急啊!后面的喇叭声不断在催,阿六赶紧下车,推吧!往前推!

一部车子绕到他身边,降下车窗,车子里的人探出头来,大声说,开的什么破车!那人说完,猛一加油,扬长而去。

阿六想回骂,见他已走远,用手指着那人的后背。

阿六到了车行,得意地看着自己的宝骑,老板把车钥匙交给阿六,说,你的车,你自己再上去感受感受吧!

　　阿六打开车门,调了调座位,点着了火,对老板说,我把车开出去试一下。一加油,呼的一声,屁股冒烟,上路了。

　　感觉不错!阿六正在陶醉中,突然前面有一人,拿着手机正在边走边打电话,阿六猛地一踩刹车,嘎——的一声,阿六自个吓得脸发白。车子刚好停在那人的脚边,真险啊!差一点点就撞上了。那人吓得手机掉地下了。阿六定定神,推开车门,对那人瞪着眼,张口就骂,XXX,你找死啊!见了车也不让!我这可是新车!

　　那人歉意地举了举手。

　　阿六走到车头,用手摸摸,蹲下,看了又看,幸好没事,又恶狠狠地看了一眼那人,上车走了,嘴里还在说,找死!看我敢不敢撞你!撞坏我的新车,看你怎么赔?不怕死是吗?刚才就该把你撞一下,警告一下你!俺的车可是全保的!撞了也白撞!

　　那人恶狠狠地盯着阿六的车,嘴里在说着什么。

　　红灯停,绿灯走。可前面怎么回事?干吗不走?阿六按了一下喇叭,车子还没动起来,又有人跟着按了喇叭。怎么搞的?啪啪——

　　过了一会,车子动起来了,原来是有一部摩托车死火了。那人推着车,阿六绕到那人身边,降下车窗,探出头,说,开的什么破车!说着一加油,扬长而去。

　　回头一看,那人正用手在指着阿六的后背。

　　当阿六把车开回车行的时候,阿六发现刚才的那人也在车行,老板正对着他说,你的车,你自己再上去感受感受吧!

　　那人打开车门,调了调座位,点着了火,对老板说,我把车开出去试一下。一加油,呼的一声,屁股冒烟,上路了。

捡到一毛钱

阿六第一次捡到一毛钱是在上小学的路上。

当时，只见眼前一亮，一张一毛钱的纸币躺在那里，阿六心儿扑通扑通跳个不停，快步上前，蹲下，假装系鞋带，把它抓在手心，看了看四周，没人，立马起身，加紧脚步往学校去。

一路上，阿六紧张得很，东张西望，像做贼一样，感觉周围有点异样。爸妈给零花钱都是一分两分的，除了春节，平时还没有这么多钱呢，买什么好呢？先买块糖，还是冰棍？但给人认出来又怎么办呢？

经过学校门口的光荣榜，阿六的眼睛瞄了一下，快速闪过，连同桌叫他都没察觉。阿六坐回座位的时候，同桌哼着"我在马路边捡到一分钱，把它交到民警叔叔手里边。"阿六心里开始斗争起来，交还是不交？

心不在焉地上了两节课，课间操的时候，阿六还是很不情愿地交给了班主任，班主任摸摸阿六的头说，你是一个好孩子，拾金不昧！奖励小红花一朵！阿六高兴得合不拢嘴。光荣榜上挂了一整学期。

阿六第二次捡到一毛钱是在前几天上班的路上。

他开着摩托车，在转弯处减速，看见路边有一张一毛钱的纸币，因赶时间，阿六一加油门，冲过去了。

第二天再次经过的时候，他看见旁边有个小学生，就指着大

叫一声，那里有一毛钱，捡起来吧。一加油门，又走了。小学生瞥了一眼，停都没停下来。

阿六上街买菜，再经过转弯处，一毛钱还在那里，只是表面多了一层土，要不是阿六曾经看过，别人绝对不会觉察那是一毛钱。阿六弯腰把它捡起，吹了吹，有点脏，就放在摩托车头吧，说不定买葱时可以用上，这年头不用再交给民警叔叔了，警察叔叔也懒得理你。

一路上，阿六想起以前捡到一毛钱的情景，不禁哑然失笑。

到了菜市场门口，车子还没停下，一个衣衫破烂的乞丐过来了，口中念念有词，"行行好吧"，说着把手中的盆伸过来，阿六本来想赶他走，看见了车头那一毛钱，顺手把它放进乞丐的盆里。乞丐说，你真是大好人啊！

阿六买菜的时候，差卖菜的一毛钱，阿六摸遍口袋，就是没有一毛钱。卖菜的说，没零钱就算了。阿六想，刚才要是不给乞丐就刚好派上用场。说了声，下次再给吧。

阿六把菜放在尾箱，准备开车，奇怪，地下有一毛钱！这不就是刚才给乞丐的那一毛钱吗？！怎么又回来了？

阿六把一毛钱捡了起来，擦了擦，放进口袋，说了声，有零钱了。

张书记病了

张书记打电话给阿六说我今天早上起来头重脚轻，有点发烧，估计是重感冒，让他帮忙转告大家一下。

阿六紧接着打电话给胡副书记，说张书记重感冒病了，要疗养几天，有关事情先放一放。胡副书记急了，昨天好端端的，怎么说病就病了，在这个关节眼上。

阿六解释说，可能这段时间太忙，累坏了吧，张书记消瘦了很多。胡副书记说，马上过去看望。

阿六又给王镇长一个电话，告诉他书记重感冒病了，取消今天的会议。王镇长一个劲地问是不是在中心医院看医生要不要他找他姐夫出面，并说马上过去看望。

阿六接连又打了几个电话，无非告诉一下书记病了，这几天的议程什么的该取消的取消，能押后的押后，等书记回来再说。大家都说，马上过去探望。

打完电话，阿六稍微松了口气，给书记回了个电话并采购礼品前往探望。

阿六按了一阵子门铃，张书记才出来开门。

书记家里已经坐了几个人，胡副书记王镇长已经在场，阿六看到他们，笑着说，你们真快！胡副书记说，是我们对领导关心得不够。

阿六临走时对书记说，看你消瘦了很多，还是到中心医院做一次全面体检吧,后天我来接你。

探望书记的人络绎不绝,书记夫人乐呵呵地接待一批又一批。一点小病竟然引起大家这么高度重视和关心。

阿六接张书记体检的事情很快就传开了。马上有人打电话问阿六,书记怎么又病了?不是好了吗?还是病情恶化?阿六一一解释,没什么,只是体检而已。

探望书记的人又络绎不绝,书记夫人乐呵呵地接待一批又一批。

体检结果出来了。阿六去拿的结果。医生交代,必须马上让病人来复检住院。阿六请求医生先不要告诉其他人。

阿六回去对张书记说,医生说有几个指标需重新再检一次,上次检查不清楚。书记说,不会是有什么毛病吧?

复检结果出来了,医生马上跟阿六说,张书记必须住院,已经是晚期了。阿六吓得脸色发青。

阿六打电话给胡副书记,说张书记病重住院了,胡副书记说,马上过去探望。

阿六又接连打了几个电话,说张书记病重住院了,大家都说,马上过去探望。

阿六在书记的病床边守了一个上午,没见一个人来探望。书记夫人说,你打电话了吗?阿六说,打了。我再打打。

阿六再打电话给王镇长,王镇长说,我现在很忙。听我姐夫说,张书记的病是晚期,估计活不了多久了。说完挂电话。

阿六安慰书记夫人,没什么大不了的,住几天就可以回去了。书记夫人叹口气说,哎,都怪他自己,没病装什么病啊,让他们送什么礼啊。

阿忠师傅

我六岁那年，妈跟我说，你也跟阿忠去捡大粪吧。我蹦跳着，马上把这个消息告诉阿忠，阿忠好高兴，说，我们又可以一起玩了。阿忠啊，是我小时的邻居。你没见过的。

开工的那天，阿忠早早来家里等我。妈为我准备了整套全新捡大粪专业设施——粪篮子和粪铲。这样，阿忠成了我的师傅。我跟在阿忠的后面，阿忠滔滔不绝地把他的那一套经验和心得倾囊相授，也就是捡大粪的行规和门道。那时捡大粪的小孩多，竞争也激烈，必须提高警惕，走路东张西望，随时准备冲刺。哦，你总说我走路东张西望，或许就是那时落下的职业病。呵呵，你别笑。远远看见某动物大便，你必须第一时间抢先唱出"号"住，"号"就是做记号的意思，还要准确地唱出这动物的特点、所在地点或动物主人，如：张阿贵的老黑母猪在大榕树下东边拉屎。声音要洪亮，唱得越具体越好。什么？我说话声音大也是捡大粪的职业病？有时急了就说，张阿贵在拉屎。闹出笑话来。个别小孩不讲规矩，因为离他近，他冲上去捡了就跑，我们就追他，还要打架，相当于抢饭碗嘛。还有，要了解各家各户猪狗的活动规律和粪便量，如张阿贵家的老母猪一般在上午十点钟左右出来，这头母猪的粪便量大，一顶三，是重点大客户要重视，哪怕时间久一点，也要耐心等它出来，它不拉屎不给走，通过拦、挡、围、吓等方法逼它就范，当然不能让张阿贵看到，特别是他老婆，凶得很。什

么老母猪客户,别乱说呵。

我是新手上路,捡到第一堆时,高兴极了!阿忠全让给我,那表示我正式入行了!以后捡到的,我们二一添作五,虽然阿忠是师傅,但他公平公正地在地上分摊,分完让我先挑,没有占我丝毫便宜。

我们每天像公交车有规定的路线,这路线是商业机密,阿忠开发出来的,两人结伴而行,有说有笑。有时,两人兜好远还捡不到半篮子,有时撞上"猪屎运",很快满载而归。怎么?不是狗屎运?哦,你是外行,猪的粪量比狗的大,而那时养猪的人家多。于是,剩下的时间我们又可以自由尽情地玩了,看见别的小孩还提着粪篮子在荡,那时的心情呀,特骄傲,特得意!

上小学了,我和阿忠一个班,我当班长。捡大粪时难免碰到同学,很不好意思,红着脸躲开。我就跟妈说不想去了。妈也没说什么。阿忠学习成绩一般。有一次,老师提问他,他瞪着眼睛,没听到,老师说他听课老走神。我问他在想什么,他说,原来的路子不行了,有好几家不养猪了。你说说,怎么走才好?

阿忠上课常迟到,老挨骂,开始变得有点木讷内向。有次他很高兴地偷偷告诉我,今天运气真好!捡不完!要是你也去就好了。我说,你以后少去点。他低下头,不说话。其实,阿忠因为怕迟到,有时没吃饭就上课去。可他妈对他有指标考核的。

我搬了新家后,阿忠很少和我玩了。三年级时,学校重新分班,我和阿忠没在一起。他越读越差,还留级,他妈干脆就不让他上学了。

后来听妈说,他在卖猪肉,偶尔也会说起我俩小时候的事,他还说,要他的孩子学我考上大学进城。

我老婆的项链给抢了

我老婆的项链给抢了。

打电话告诉我的是邻居小林。我说我正在外地出差开会,他说那就这样,挂机了。

我心里忐忑不安,无心开会,偷偷溜出来在洗手间打电话给老婆,我问,那条白金项链给抢了吗？这条项链是托人从香港买回来的,值 8000 大洋呢。老婆问我,谁告诉你的,没这事。你安心开会吧,别影响工作。我说是邻居小林。她说他是看错了吧。

我回去开会。过一会儿,又来电话,是同学小张。他说你老婆的项链给抢了,你知道吗？我掩着嘴说,我正在外地出差开会,他说那就这样,挂机了。

我心里忐忑不安,无心开会,偷偷溜出来在洗手间打电话给小张,我问,这是真的吗？我老婆怎么说没这事？小张说,是小胡告诉他的,当时他在现场,就在人人乐路口那里。不信的话,你给小胡电话。

我赶紧给小胡电话,小胡说,是他亲眼所见,绝对不会错。当时那人抢了之后还慢吞吞的,我说,那你怎么不会跑上去帮忙啊？他说,人家拿着一把明晃晃的刀啊。我说,我白交你这个朋友了。他说,小李也在场啊。

我挂了电话,心里不是滋味,小李,你可是警察,怎么能不管这事？我给小李打了个电话,小李说,谁说我没帮忙？我打了电话

报警了,我说你不就是警吗？他说,我是文员,不懂的,这事让巡警和刑警来办。我说,我白交你这朋友了。他说,我又不认识你老婆。说不定不是你老婆。

我回去开会,但心里忐忑不安,无心开会。会间休息,我又给老婆打电话,老婆说,没这事。你安心开会吧,别影响工作。我再问,她一口咬定,没这事,别听人家瞎说,工作要紧。我说,既然如此,我回去时,你一定要拿出那条白金项链作证明。她说,没问题。

我终于放心了,老婆有板有眼,我还能不相信老婆？

晚上,我刚送走几个客户,电话来了,是丈母娘。她一开口就问,你知不知道你老婆给抢了项链一事。我说,我问过了,她说没这事。丈母娘说,还说没这事,今晚我刚看过她,脖子上的伤痕还在呢,你是怎么照顾我女儿的？还是让她到我这边住算了。我给丈母娘连连赔不是并誓言旦旦地保证再也不让我老婆受任何侵犯。

我又马上给老婆电话,把丈母娘来电的事说了,老婆说,是给抢了,怕你耽误工作不敢告诉你。我说,会开完了,明天一早我就坐头班飞机回去,估计上午十一点到家。

我匆匆赶到家,准时到家门口,老婆来开门,我放下行李,查看老婆的脖子,脖子上有两条伤痕,但脖子上那条白金项链还在。我说,怎么回事？给吓着了吧？老婆说,就是差点给摔倒了。给抢的是假的,真的还在,没骗你吧。老婆说着要取下项链。我说,有我在,还怕吗？下午去买一条假的再换上。现在的社会风气也太差了,安轲精神都哪去了？就像小李小胡明明看见了,还不敢上去。社会不正之风就是给这些人宠坏的。算我白交这些人了。

下午,我陪老婆去买项链。刚到商场门口,有一人从身边而过,老婆大呼,他抢我项链啦!我一看,那人手里拿着老婆那条白金项链,那条价值8000大洋的项链!我正想追去,只见那人掏出一把明晃晃的刀子,我停住了,看着他走掉了。

老婆生气地说,干吗不追啊!我说,不值得跟这些亡命之徒拼命。才8000元,不值!

短消息

"亲爱的,你喝醉了吗?你玩得开心吗?你回家了吗?你想我吗?想我回复1,吻我回复2,详情请电询5201314。"

阿花看着老公的手机短信,心里起了疑问。自从受到冯导演的《手机》的启发后,阿花已经习惯有意无意地翻看老公的手机短信,有时说借个电话打打,其实在偷看。看着这个短信,阿花心里不是滋味,是哪个狐狸精?

"老公,有短信,那个女的是谁?"老公刚洗澡出来,脸还红通通的,酒气未过。阿花劈头就问。

"总是看我的,你就是不信任我!哪个女的?我的艳福还不浅啊!"老公有点生气,拿过手机看了看,"这是无聊的人搞的,你也信?"

"能有那么巧吗?你也刚喝醉回来?"阿花不相信。

"现在移动短信变着法子赚钱,有时还发来黄色的呢,小李的同学回复了一下,第二个月多了一百多块短信费。"

"你不要解释了,快说那个女的是谁?电影《手机》说得很清楚了。"阿花仍然不信,凭女人的直觉。

"我知道,你看了《手机》,但也不能这样疑神疑鬼啊!"

"叮咚——"又是老公的手机短信。阿花抢过来,查看,又是同一号码的。写着:"情人节快到了,难道你不为你的情人送点礼物吗?天虹商场珠宝行大甩卖,天天有特价。明天晚上不见不散!

你想我吗？想我回复1,吻我回复2,详情请电询5201314。"

"又是那个女的！真肉麻！"阿花气鼓鼓的。老公外出应酬多,平时很少回家吃饭,经常醉醺醺的才回来。阿花能不多一个心眼？

"你这人怎么老爱胡猜,你的手机不也经常受到这样的短信吗？拿来,我看看。"

"究竟是谁？"音量大了,"最近你神神秘秘的,一定有问题。"

"我怎么知道是谁？"音量也大了,"什么神秘？那你说说什么问题？"

气氛不好,两人又一下子沉默了,谁也不说话。导火线已经点燃,一触即发。

老公拿起手机按了起来,说,我这就发短信臭骂她。

过了一会儿,"叮咚——"是阿花的手机短信。阿花打开一看,怎么跟老公的短信一样的内容？还是同一个号码！真无聊的短信！差点误解了！

"跟我的一样的吧？"老公未卜先知,把阿花的手机拿来看看,"这回你信了吧？"

老公笑了,阿花也笑了。

第二天晚上,老公应酬没回家吃饭,阿花早早吃过,突然想起昨晚的短信,情人节快到了,在天虹商场,阿花给眼前的一幕愣住了,在珠宝柜台的前面,老公正和一个时髦女子在选戒指,阿花拿起手机查了昨晚发短信的电话号码,拨了过去,只见那时髦女子拿起手机看了看,阿花老公惊慌地望了望四周,接着时髦女孩接通电话,"喂,你好",阿花听着特刺耳,收了线,阿花紧接着给老公发送了一个短信:

"昨晚的短信是无聊的吗？你身边那个女的是昨晚那个吗？是回复1,不是回复2,详情另谈。"

新疆刀

阿六到新疆旅游,导游说,新疆刀很出名。阿六私下里求导游带他一饱眼福。导游拗不过阿六的纠缠,便偷偷带他到当地一家刀匠那里看看。

刀匠那里的刀很多,阿六看得眼花缭乱,说不枉此行。有一把刀引起阿六的兴趣,一尺来长,刀鞘和刀柄上镶着宝石,阿六拿在手里沉沉的,脱口而出:"好刀!"其实,阿六是外行,并没有拔出刀来。刀匠听到阿六称赞,便竖起大拇指,说:"这位兄弟识货,看来你是这把刀的真正主人!"说着拔出刀来,在头上抽出一条头发放在刀刃上,轻轻一吹,断了。导游和阿六异口同声"好!"

阿六看完要走,刀匠不让,说这把刀遇到主人,让阿六开个价。阿六说:"我不玩刀。喜欢看看而已。"导游说,那你就当装饰,挂在书房,现在挺流行的。阿六想想也不错,也喜欢,但怕太贵,不敢要。找了个借口:"买了也带不回去,查得这么严,还是不买了。"

刀匠说,几年前一位拳师看中了,但没买成。这是他没缘份。凭他的经验,这把刀肯定能带回去,并且可以便宜卖给阿六。

阿六在导游的掩护下终于把新疆刀带回老家。

阿六把新疆刀挂在书房,书房里书气刀气相映。朋友来到未免称赞一番,宝刀配英雄。以后夜行带上它,谁还敢来欺负?阿六笑笑说,此刀只做装饰之用。

阿六更加沾沾自喜,托人找一位书法家求了一幅字,上面用篆书写着:宝刀。宝刀二字苍老有劲,力透纸背。

阿六每每在书房看书,总要习惯性地欣赏一番,用头发放在刀刃上吹一下,看着断发飘落,心里一阵欣慰,刀匠说的没错,我才是它的真正主人。

有一天,朋友带来了一位拳师,说是想欣赏此刀。拳师一眼看到此刀时,顿时目瞪口呆,大喊几声:缘分哪。原来刀匠说的买不成的拳师就是他。拳师爱不释手,拔出刀来,还舞了几套刀法。阿六更加觉得,此刀真宝刀也!拳师想跟阿六买回去。阿六不同意,说这是刀缘。拳师说,刀剑,乃利器也。我观此刀有杀气。此刀只可做装饰之用,切切不可他用。阿六暗自偷笑,不卖给你,还吓唬谁呀?我本来也只是装点书房。我一介书生,手无缚鸡之力。

一天,阿六上肉菜市场。见几个人对他指指点点,阿六很奇怪。有一个卖猪肉的故意大声说,还宝刀呢?有我的杀猪刀锋利吗?敢不敢比试比试?大家还起哄。污辱我无所谓,但不能污辱我的宝刀!阿六感觉没面子,这些人,无聊!懒得理他们。

第二天,也如此。

第三天,也如此。

第四天,阿六终于按捺不住。你们不能污辱我的宝刀!于是赶回家里,拿出宝刀往市场去……

市场上传开了。

"真是宝刀!"

"连胳膊一起砍断了!"

"就是那把新疆刀!"

"不是只做装饰吗?"

没错,就是那把只做装饰用的新疆刀。

救人事件

　　当他把第三个小孩托起的时候，他已经筋疲力尽了，无助地望着岸上，慢慢地沉下去……

　　英雄的尸体在第二天打捞到了。"救人事件"马上引起社会的关注。

　　三个小孩子在电视上号啕大哭，三个家长泪流满面，还请人写了一份感谢信，千分万分感谢恩人！当晚的电视观众也跟着痛哭起来。电视台说，这几天将继续跟踪报道这个"救人事件"。

　　英雄的单位立即在厂门口挂起长长的横幅：学习某某的舍己为人的精神！在报刊栏里贴满了英雄生前的照片，党支部决定追认他为"共产党员"。

　　保险公司登报声明：虽然英雄的保险期不巧在遇难的前一天到期，但还是照赔不误！

　　政府部门在电视上表态，上级部门马上给英雄颁发见义勇为的烈士称号！

　　三天后，三位家长及被救小孩被通知到政府，要求再次辨认并将情况详细讲述，严重强调，千万不能说谎！小孩再次哭着讲述，当时也在场的另外两个小朋友也作证，肯定是他！政府部门的人问，第二天捞起时面目全非，你们如何认得？你们以前认识他吗？怎么这么肯定？

　　大家一阵沉静。

突然,一位家长"咚"的一声跪下,"同志,我错了!"号啕大哭起来,另外两位莫名其妙的对看着。政府的人给吓了一跳。

"我错了,当时我如果也跳下去的话,他就不会死。但我那时只顾抢救自己在岸上的小孩!我有罪呀……"

大家面面相觑。

"由于我们要上报见义勇为烈士,必须按程序了解相关情况。真的肯定是他吗?"

"没错!是他!"

又三天后,三位家长被通知到政府,同志告诉他们,昨天有人送来一件捡到的外套,里面有身份证和一个只有五块钱的钱包,他们的单位的人已经证实是死者的了。同志指了指旁边的外套。他的外套里有一封遗书。遗书说,他在外面滥赌,赌输了,女朋友也走了,所以,他选择了自杀!他是一个自杀者,怎么会救小孩呢?你们搞错了。

"但同志,真的是他救了我们的小孩!我看着他往下沉,化了灰我也认得!"

电视台的"救人事件"追踪报道不播了。保险公司的高层说,按章办事。单位的横幅收起来了……

人们在议论着,他是不是英雄?

抓小偷

"抓小偷啊！快抓住他——"

哄的一声，一大群人，围、堵、截、拉、扯，雨点般的拳头落下。

"别打了，不动了！"

"打死他！我已经连续丢了三部摩托车了！"那人上去一脚。"哎哟——"小偷卷曲的身子在地上打了个滚，抽搐了几下，不动了。

警察来的时候，阿六还在做英雄报告：我一听有人喊，转身一看，一个箭步，把他死死卡住。阿六举起拳头晃了晃，继续演讲，昨晚刚练过的一招掏心式，不死也废了……

警察问：是你抓住的？

阿六答：我第一个抓住的。

警察问：你刚才说什么掏心式？打了几拳？

阿六好像意识到什么，赶紧说：没有，吹的，我卡住他的时候，大家涌来，我放手的时候，他就倒下了，同志，我哪有手腾出来打他呀？

那他怎么会这样呢？警察问阿六，谁打他了？

我没看清楚，但刚才有人上来一脚，然后走了。阿六感觉问题好像严重了。摆摆手，不好意思，我还有事，先走了。

"不能走，这样吧，麻烦你先跟我们到所里做个笔录。"

阿六走出派出所的时候已经六点，才想起没给厂里打电话请假。所长拍拍阿六说,见义勇为!明天再跟厂里解释,会理解的。

第二天早上,阿六准备出门上班,来了部警车,把阿六带走。街坊都说阿六出事了打死人抓走了。警察对阿六说,那个小偷被打成重伤,还没过危险期,所长为保险起见让阿六回所里再详细讲讲,另外把最后踢一脚的人再回忆一下他的相貌,因为就是那一脚差点要了小偷的命。

阿六又走出派出所的时候已经六点,又想起没给厂里打电话请假。所长拍拍阿六说,见义勇为!明天再跟厂里解释,会理解的。

第三天早上,阿六准备出门上班,警察打来电话,说小偷的家属纠集了一帮人在派出所和医院,已经打听到阿六的单位了,准备在上班的路上拦住阿六,特别交代阿六今天千万别出门,注意自己的人身安全要紧。工厂那边由派出所打招呼。

阿六连续两天不敢出门。晚上同事来访,告诉阿六,工厂已经贴公告,说阿六打架闹事影响公司形象。这两天有不少人围在厂门口挑衅,阿六最好别到处走。另外,阿六旷工三天半,为此生产线受阻,损失严重。阿六问,警察没跟厂里说吗?同事说不知道。

后来,警察打来电话说,那小偷救活了,没看住给偷跑了。所里准备报上边嘉奖阿六见义勇为。

再后来,所里通知阿六去领奖。阿六领回了一张奖状,所长委婉地说,精神奖励为主嘛,奖金其实也不多,我已替你做主捐给警察基金了,这样形象显得更高大!阿六说,我已经给工厂辞退了,能不能帮我到厂里说说。所长说,工厂那边由派出所打招呼。

出来时,门口有个警察在说,哎,就是他,奖金垫进去还不够,所里又要背一笔不小的医药费了。如果不是叫小偷的家属自己转院,那还更多呢。

"抓小偷啊！快抓住他——"

哄的一声,一大群人,散开了,腾出来一条大道来。

老同学

阿六盯着眼前的这位老同学,很疑惑的样子。老同学？是小学的同学？还是中学的同学？阿六搜索遍大脑里的所有同学的模样,还是认不出眼前的人来。可张总肯定地说他是阿六的老同学,可能是毕业多年了,也在外多年,音容有变在所难免,但连一点当年的影子都没找到,甚至连名字都叫不出,在这个刚刚应聘任职的公司,在张总的办公室里,贸然相认,对方会怎么想呢？张总会怎么看我？还是等等对方怎么反应吧。阿六有些脸红,微笑着,一副激动得说不出的样子。

老同学也有些脸红,盯着阿六,有些疑惑,微笑着。

两人互看着对方。

张总奇怪地看着这两个人,犯傻吗？"两个老同学,还要我来介绍吗？"张总打破沉寂,"这是阿六,这是李三。"

"哦——"两人异口同声,"阿六！""李三！"

其实,阿六还是没认出眼前的李三,难道是改名字了？记忆力不错的阿六又开始搜索,没有,一点印象都没有。刚才那一声"阿六"带着很浓的北方口音,是不是曾经有同学转学去北方了？没有！可能是他在北方待得时间太久了,被同化了。这种事常有,不为怪。应付这种场面,阿六还是可以的,以前听说过也见过也训练过。但对方李三没开口,还不清楚对方的底细,以静制动。

李三也没动。两人还是没开口。

张总反而急了。"怎么啦？离开大学十几年，连老同学都不认了？"

哦，大学同学，阿六想了一下，怎么会是大学同学？阿六的心跳到了喉口，脸更红，这世界真小，竟然在这碰到大学的同学！"

"哦——"两人又是异口同声，"想起来了。"

"你怎么变得这么胖啊？真的认不出来！"

"我说呢，原来你跑张总这里发达来了，也不提前通知一下。"

"你小子，我们又可以在一起了！"

"哈哈哈哈。"

张总为这两位老同学的重逢感动，两人如此的亲切！更为自己没能上大学，没有大学同学而感叹！

三天了，什么事情都没有。阿六怀着一颗忐忑不安的心度过了三天，如果不是看在那么高的薪水的份上，阿六早不愿待下去。思前想后，阿六还是拿定主意，向张总辞工。

"阿六，就由你顶李三的位置。"张总见面就说，"原来那小子的文凭是假的，他的毕业证书跟你的不一样，难怪那天没认出你来。"

阿六如梦初醒，长长舒了一口气，原来李三不是老同学。

三个月后，张总来电，"阿六，快点过来办公室，有一位你的大学老同学等你呢。"阿六收拾一下东西，工资也不要了，走人。

送红包

问题肯定出在没有送红包。阿六躺在病床上，整个下午翻来覆去地寻思。

我住了二十天，邻床的张大爷才七天就出院了，而他进来时比我还厉害，是扶着进来的，凭什么他就好得那么快呢？肯定是送红包了，他儿子是销售科长，送红包是小儿科。这两天护士小姐对我的态度也明显差了很多，可能是等红包等急了。早上来的那个实习护士，扎了三次才把针头扎进去，点滴打完了，提前按了床头的呼叫，护士小姐过了十分钟才磨磨蹭蹭地过来，还极不情愿的样子。张医生来的次数也少了，虽然他看起来斯斯文文，但是眼镜背后就很难说了。早就听说，进医院没送红包，这病难好，好得慢。看来此话是真的了。不行，我也要送红包。

张医生刚好晚上值班，过来看阿六。阿六暗示一下老婆，老婆配合地走出去，顺手把房间的门带上，门口望风去了。送红包这事有避忌，在场的人不能多，能少则少，否则，本来要拿的也不敢了，下次更不敢了，人家还要怪你不会办事。阿六从枕底下掏出一个鼓鼓的大利市袋，上面还印着金色的双喜呢。"谢谢张医生这些天来的照顾！"阿六连同红包握住张医生的手。"这、这、这……"张医生的脸涨得通红，"这不行的，医院有规定，要处罚的。"阿六心里反而一乐，看来他是新手，这么不好意思。阿六把手握得更紧，医生连忙挣脱开。

"阿六，不要这样啊！"张医生有点生气。

"这是我的一点心意，无论如何，你一定要收下！"阿六又把红包塞进他的口袋。受礼的人都是这副德行，假惺惺的，还要故意推来推去，最后还要显得很无可奈何才收下。

"你好好休息吧！"张医生把红包丢在床上，临走瞪了阿六一眼。

是送得少了？红包不够大？阿六没送成，心里不是滋味。这问题没解决，这病肯定也就难好。要怎么送才好呢？哎呀，我真蠢呀！阿六突然醒悟过来，他不是说医院有规定不准收红包吗？那天我就看见张大爷的儿子从提包里拿出一个信封，敢情那就是红包？信封就不是红包了嘛！呵呵，阿六为自己的聪明得意。

第二天，张医生又来查房。阿六趁着张医生给他做检查的时候，偷偷把信封放进他的口袋。"你明天可以出院了。"张医生说。"谢谢张医生！"阿六舒了一口气，为自己能出院、也为送红包成功。张医生一走，阿六哈哈大笑。果然信封不是红包，果然红包一送，就可以出院。

过了一会儿，一位护士小姐过来帮阿六量血压，态度明显温柔多了，轻声细语的。

出院后，亲朋好友来访，阿六大讲心得体会，这进医院哪，必须送红包，红包还不能是红色的，红包没送，病好不了，红包一送，明天就出院。

晚上，老婆悄悄告诉阿六：那信封张医生没拿，还给我了，我忘了告诉你。

串门，有事吗？

阿六进城做泥水工几天了，今晚不用加班，吃过饭洗过澡后，想起在城里什么局当大官的堂叔来，到他家坐坐吧，免得人家说我没家教，来了城里也不去拜访他。于是，稍微梳梳头，对着镜子笑了笑，虽笑得有点僵硬，但阿六自我感觉良好，走了。

半路上，阿六突然想到，城里人串门好像要带点礼物的，唉，早知道把自家生的鸡蛋带来就好了。无奈之下，刚好路边有荔枝卖，一共花去了阿六扣除伙食费一包烟钱后价值0.8天的人工费。

开门的是小堂弟文文，文文认得阿六，前年大家回老家时见过。文文打开鞋柜，拿出一双拖鞋给阿六换，"唰"，阿六的脸一下子涨得通红，比关二哥还关二哥。失算了！只注意上面！袜子的两个大洞羞答答地不情愿地出场了。还好，不像隔壁张伯有脚臭。

文文给阿六倒了杯白开水，说了声"我爸妈不在"，把房门一关，自个QQ去了。真是的，都什么年代了！也不来电话预约。

阿六坐了一会，不见文文出来。想走，但又怕得罪人家，便自作主张地打开电视，电视里正在热播一出古装武打连续剧，于是自得其乐，津津有味地看着。正在紧要关头，阿六犯了个严重错误，尿急！起身在客厅看了看，这房子太大，又没有"洗手间由此进"的牌子，想想估计武打快打完了，又重坐回去憋住。可偏偏大

侠和女魔头从地上打到天上，天上打到水里，谁也没伤着谁，小山头倒是噼里啪啦炸了不少。突然，女魔头一剑朝大侠心口刺去——没了。阿六赶紧起身，也来不及跟文文说再见一溜烟跑了。在路边的阴暗处足足花了三十分钟"洗手"，差点尿中毒，以致阿六以后串门前一小时不敢喝水，并总结为传媳不传女的祖传经验。

堂叔堂婶拜候完领导凯旋回家了，瞟了一眼荔枝，知道有客到。没想到竟然是阿六到了。堂叔急了。

"阿六千里投亲，必有缘故。文文你连他什么时候走都不知道？"

"就那袋快过时的荔枝，我还要陪他一晚上啊？上次还是马爹利，妈妈还说我呢。"

"可阿六的父亲是咱家的大恩人，没有他哪有我！没有我哪有你！"

"算了，人也走了，发火也没用，若有事阿六明天还会再来的。"堂婶打了圆场。

堂叔一夜没睡好，想着阿六，也不知他住在哪里、去哪里找他。想想还是老婆说的有道理，他若有事，会再来的。明天谢绝应酬，专等阿六！

第二天晚上，阿六不用加班，吃过饭洗过澡后，老想着女魔头一剑朝大侠心口刺去后是否刺中了刺中了又怎么样，不由得想到堂叔家里去，五十三寸大电视好像乡下的大电影，看着过瘾！这回仔仔细细梳梳头，又再对着镜子笑了几笑，虽还是有点僵硬，但阿六仍然自我感觉良好，特意挑了双好袜子穿上，走了。

"阿六啊，怎么才来啊？叔叔等你一天了！"堂叔一开门就问。心想，老婆说的有道理，再来了肯定有事。

堂叔堂婶热情极了。端茶递烟,阿六喝起来抽起来感觉很好,想想当官就是好,家里好茶好烟。接下来,堂叔又跟阿六讲他父亲和他的那段感激涕零往事,堂叔是当官的,说话比较委婉,绕着弯,主要是表达阿六父亲永远活在他心中而他并不是那种忘恩负义的人阿六若有事尽管提。阿六全神贯注地看着武打连续剧,应付式地回着话,自己也不知回的什么。堂叔心里更是过意不去,觉得阿六不说肯定是昨晚得罪了他,对不起阿六的父亲。

电视剧结束了,阿六稍微有时间了。堂叔请夫人出马来跟阿六说,一定要让阿六说出来,这样心里才安乐。阿六肯定无事不登三宝殿!

"老婆还上班吧?"堂婶一样地委婉,从拉家常入手。

"上班。"

"孩子听话吧?"

"听话。"

"家里还好吧?"

"好。"

"家里有什么需要吗?"

"没有。"

堂婶突然眼前一亮,阿六刚才一直盯着电视,莫非——

"家里电视机没坏吧?"还是不敢直接问。

"去年才买的,还可以。"

阿六看了看表,说:"要走了,明天早上要开工。"堂叔堂婶问不出结果,对视了一会儿,只能说:"明天再来吧。"

阿六真的天天晚上去,看完武打片后又是一番聊天,然后又回工地睡觉。堂婶就是不明白凭她这位高级政工师多年的经验

怎么就问不出阿六来，要是在抗战时期抓到阿六这样的特务自己肯定完成不了上级的任务了，阿六倒是地下工作者的好料，守口如瓶。堂叔越显得客气了。

堂叔堂婶的过度热情、过度客气把阿六给搞糊涂了，还有这几天晚上的那些过度关心的话，真有点受宠若惊。阿六在想，堂叔堂婶好像有话对我说，难道有事吗？

这事不能说

"这事不能说,对谁也别说啊!"老婆叮嘱阿六。

"知道,我不说。"

"这事千万千万不能说。"

"知道,我不说。"

说完,阿六美滋滋地哼起小调,出门去。

没走多远,碰见了早上买菜回来的吴妈。

"吴妈早!"阿六有礼貌地问候。

吴妈看了看满脸笑容的阿六,看了看刚刚升起的太阳(不是从西边升起),心想,奇怪了,阿六天天早上见到可从来没主动打过招呼啊。

"有喜事啊?这么高兴!"

"没有没有,没有的事。"

阿六到了巷口士多店,"来包硬盒红双喜。"店里的阿丽以为听错了,再三问过才拿给他。

"阿六,有喜事啊?"

"没有没有,没有的事。"

又没走多远,迎面来了晨练回来的李大爷。

"李大爷早啊,"阿六老远就打招呼,"怎么不踩单车啊?"

李大爷有点纳闷,所有人都知道我李某风雨无阻晨练跑步,这小子今天犯傻?

"阿六,今天找我有事吗?"

"没有没有,没事。只是跟李大爷您打打招呼,来,抽根烟!"

"忘了我不抽烟啦,盆喜啊,发达了?有喜事?"

"没有没有,没有的事。"

晚上,邻居们沸腾起来了,传说纷纷,吴妈更是说得头头是道,把阿六的那张脸说得像年画的招财爷笑容可掬。大家最后一致认为,阿六发达了,那张笑脸出卖了他。大家都是邻居应该有福同享,阿丽的小店要翻新,吴妈的儿子刚下岗,邻居之间互相帮忙自盘古开天就有,天公地道!

于是,大家集体凑钱买了十斤桂味荔枝集体探望阿六,这样谁都不落下。让他感受感受邻居们的友爱和关心,主要是让阿六感受"致富思源""吃水不忘挖井人"之类,并且要强调一点,对他的关心邻居们是一如既往的,至于上次隔壁张伯丢了十块钱说是他偷的那是天大的误会。李大爷为此受大家委托还专门起草了发言稿,以免激动时刻语无伦次,乱了阵脚,影响在阿六面前的形象。

关于对阿六的称呼,开始有了争论。

"叫'六哥',电影上有钱人都这么叫的。"

"六老板!"

"六先生!"

"六爷!"

大家认为李大爷见多识广,由他说说。李大爷清清喉咙,"公开场合叫六先生,私底下还是叫阿六。这样既可以表现出我们的邻里关系,又可以表现出六先生的平易近人。"掌声热烈(因为谁都不愿叫"六爷",阿六在这里见谁都是小字辈)。

阿六的老婆对这帮人的到来吓了一跳。自从阿六的父亲十年前去世后,还没见过一个邻居到他家的。凳子不够茶杯不够连站的地方都不够,有些人在六先生面前露一下脸后在门口待着,也表示已来向六先生问好了那荔枝我也出钱了,有些人看公开电影惯了的比较有经验,凳子茶杯自备。

几句寒暄过后正式开始了。

"阿六,中彩票啦?"

"没有没有,没有的事。"

"挖到宝贝啦?"

"没有没有,没有的事。"

"那是什么喜事啊?说说嘛,大家不会眼红的。大家说,是不是啊?"

"是!"异口同声。阿六的老婆吓得抖了好几下。

"没有没有,没有的事。"整个晚上,阿六除了那句"谢谢你们的荔枝"和"有空再来"外就这句话。

邻居们耗到深夜两点,有几个还在阿六家门口鸡笼边打瞌睡。再也问不到什么,败兴地走了,那篇李大爷自以为洋洋洒洒的文字最终派不上用场。

第三天,邻居们又传说纷纷了。

"小六子,根本没发达,好像是在路边捡到五十元。"

"没错,那天来买烟给的就是五十元的。"

"我表叔是神经科医生,听说有些人得病后,脸上总笑,睡觉也是。"

"他是不是神经病啊?"

"明知道李大爷晨练跑步还问他怎么不踩单车?看来真的病了。"

第四天早上,阿六碰到吴妈,刚要开口,吴妈快步插身而过。

小丽接过阿六的五块钱纸币看了又看，话中带话，"小六，我可是小本生意啊！"所有的人都用异样的眼光看着他。有人后悔当初谁出的鬼主意买十斤桂味荔枝，自己还不敢买这么好的呢，送两颗给他就够了。

阿六有点后悔了，那天晚上告诉他们就好了。他几次话到嘴边，可他老婆暗示他不能说。今天碰到吴妈就想跟她说，士多店也想跟小丽说，见到李大爷也想说。他现在特别想说，特别特别想说，都快变成一种冲动了。但老婆的话语还在耳边，"这事不能说，对谁也别说啊！"